世界经典童话小说书系

森林姑娘

著者/佚名　编译/李香云 等

吉林出版集团股份有限公司 | 全国百佳图书出版单位

图书在版编目（CIP）数据

森林姑娘 / （哥斯达黎加）佚名著；李香云等编译.--

长春:吉林出版集团股份有限公司，2016.12

（世界经典童话小说书系）

ISBN 978-7-5581-2122-7

Ⅰ.①森… Ⅱ.①佚… ②李… Ⅲ.①儿童故事 – 作

品集 – 世界 Ⅳ.①I18

中国版本图书馆 CIP 数据核字（2017）第 065108 号

森林姑娘

SENLIN GUNIANG

著 者	佚 名	
编 译	李香云 等	
责任编辑	赵黎黎	
封面设计	张 娜	
开 本	16	
字 数	50千字	
印 张	8	
定 价	18.00元	
版 次	2017年8月 第1版	
印 次	2020年10月 第4次印刷	
印 刷	三河市嵩川印刷有限公司	
出 版	吉林出版集团股份有限公司	
发 行	吉林出版集团股份有限公司	
地 址	长春市绿园区泰来街1825号	
电 话	总编办：0431-88029858	
	发行部：0431-88029836	
邮 编	130011	
书 号	ISBN 978-7-5581-2122-7	

前言

儿童自然单纯，本性无邪，爱默生说："儿童是永恒的弥赛亚，他降临到堕落的人间，就是为了引导人们返回天堂。"人们总是期待着保留这份童真，这份无邪本性。

每一个儿童都充满着求知的欲望，对于各种新奇的事物，都有着一种强烈的好奇心，这样在成长的过程中就不可避免地被好的或坏的事物所影响。教育的问题总是让每个父母伤透了脑筋，生怕孩子们早早地磨灭了童真，泯灭了感知美好事物的天性。童话很好地解决了这个问题，让儿童始终心存美好。

徜徉在童话的森林，沿着崎岖的小径一路向前，便会发现王子、公主、小裁缝、呆小子、灰姑娘就在我们身边，怪物、隐身帽、魔法鞋、沙精随时会让我们大吃一惊。展开想象的翅膀，心游万仞，永无岛上定然满是欢乐与自由，小家伙们随心所欲地演绎着自己的传奇。或有稚童捧着双颊，遥望星空，神游天外，幻想着未知的世界，编织着美丽的梦想。那双渴望的眸子，眨呀眨的，明亮异常，即使群星都暗淡了，它也仍会闪烁不停。

　　童心总是相通的，一篇童话，便会开启一扇心灵之窗，透过这扇窗，让稚童得以窥探森林深处的秘密。每一篇童话都会有意无意地激发稚童的想象力和感知力，让他们在那里深刻地体验潜藏其中的幸福感、喜悦感和安全感，并且让这种体验长久地驻留在孩子的内心，滋养孩子的心灵。愿这套《世界经典童话小说书系》对儿童健康成长能起到一点儿助益，这样也算是不违出版此书的初心了。

编者

2017 年 3 月 21 日

目录 MULU

姆巴姆比

恩加纳一家住在位于大山深处的庄园里。庄园内土地肥沃，牛羊成群，风景优美，旁边还有一条清澈的小河。

聪明可爱的儿子恩祖阿常和恩加纳上山打猎，下河捉鱼，练就了一身本领。

转眼几年过去了，恩祖阿已长大成人，娶了个勤劳贤惠的妻子。

一天，恩加纳把恩祖阿叫到面前，让他去外面找份工作，锻炼一下自己。

可是，新婚的恩祖阿不愿意离开家，想留下来陪父母和妻子。

"如果你没有其他想法，我就安排你到罗安杜去工作一段时间。"恩加纳语重心长地说。

恩祖阿只好执行父亲的命令，依依不舍地告别妻子和父母，动身去罗安杜了。

在一个阳光明媚的中午，劳作了一上午的恩加纳夫妇吃过午饭，躺在床上午睡。

忽然，天空乌云密布，狂风大作，瞬间房倒屋塌，家园一片狼藉。

恩祖阿的父母和妻子都被砸死了，怪兽马基什一边狰狞地笑，一边带着乌云和狂风走了。

远在罗安杜的恩祖阿工作认真负责，不怕苦，也不怕累，还经常帮助有困难的人，赢得了所有人的好评。

恩祖阿工作了一段时间，思乡心切，决定回家去探望父母和妻子。

在路上，恩祖阿想着就要和家人团聚了，便不知不觉加快了脚步。可是，看到家中的情景后，他被眼前的一切吓坏了，瘫倒在地，留下了伤心的泪水。

恩祖阿撕心裂肺地哭喊着，不愿相信眼前的一切。他四处打听灾难的起因，最终一位山里人告诉他，罪魁祸首是怪兽马基什。

恩祖阿恨得咬牙切齿，擦干眼泪，立志为父母和妻子报仇。他穿过丛林，走了几天几夜，终于累倒了。

恩祖阿迷迷糊糊地躺在地上，感觉有一位仙女，穿着漂亮的长裙慢慢走来，轻轻地摇着他的身体。

恩祖阿无力地睁开双眼，果真看见一位美若天仙的女人蹲在身边。恩祖阿向她讲述了自己的不幸和复仇的决定。

仙女被恩祖阿的朴实深深地打动了，便嫁给了他，从此，二人形影不离。

几年过去了，恩祖阿的大儿子姆巴姆比出生了。令人惊奇的是，他刚出生就会说话。他说位于园子一角的小树是他的生命树基列姆别，让母亲把它移栽到房前。

又过了几年，小儿子卡本敦古鲁来到了这个世上。

一天，姆巴姆比拉着弟弟来到父母面前。

"咱家的房子又小又旧，我和弟弟去砍些木材，盖所新房子。"姆巴姆比充满自信。

第二天清晨，姆巴姆比和弟弟带着斧头和镰刀来到林子里，刚要砍树，没想到树自己倒了。

兄弟俩把木材捆好撂到一起，接着又去割草，刚要割草，却看见草已割好，脑海里刚浮现出烧砖的情景，就看到一大堆砖出现在面前……

就这样，他们没费任何力气就把一栋房子盖好了。

恩祖阿和妻子看着新房子，脸上露出了笑容。

恩祖阿看到两个儿子一天天强壮起来，决定把隐瞒已久的家事告诉他们，于是把兄弟俩叫到花园里。

"怪兽马基什趁我去罗安杜工作，把你们的爷爷和奶奶杀死了。我决定报仇，但一直没找到他，希望你们继续寻找。"恩祖阿坐在椅子上对儿子们说道。

兄弟俩听后非常气愤。

"我要去杀了怪兽马基什，你留下陪父母，如果看到基列姆别枯萎了，那我就快死了。"一天，姆巴姆比嘱咐卡本敦古鲁。

说完，姆巴姆比背起简单的行囊，只身一人去复仇了。他走了几天几夜，翻山越岭，仍不觉得累。

突然，他听见草丛里传来"沙沙"的声音。

"谁在这里？"姆巴姆比问道。

"我，能在峭壁上造房子的基帕林杰，你又是谁，干什么去？"随着一阵风响，人已站到面前。

"我要去杀怪兽马基什，为家人报仇。"姆巴姆比回答。

"如果你打赢了我，我就和你一起去报仇。"能造房子的基帕林杰仰头大笑。

见姆巴姆比拔出宝剑刺过来，能造房子的基帕林杰拿出看家本领迎战，结果没有几个回合，就被制服在地。

能造房子的基帕林杰按照承诺，跟着姆巴姆比走了。

过了不久，他们又听见草丛里传来"沙沙"的声音，经过询问得知，来者是一天能做十个木槌的基帕林杰。

听说姆巴姆比要去杀怪兽马基什为家人报仇，能做木槌的基帕林杰要求比武，如果输了就和他们一起去报仇。

能做木槌的基帕林杰没想到，几个回合便败下阵来，只好陪姆巴姆比去报仇了。

三人有说有笑地走着，这时，又听到草丛里传来"沙沙"声。

原来，他们遇见的是收割庄稼能手基帕林杰。

　　和上两次一样，通过比武，收割庄稼能手基帕林杰乖乖地跟着姆巴姆比去报仇了。

　　刚走了不久，四人又遇见了胡子垂到地面的基帕林杰。经过比试，他也输了，只好陪姆巴姆比去报仇了。

　　姆巴姆比和四个基帕林杰一路前行，突然发现有个人挡住他们的去路。

　　"我是一口能吃一百人的基占拉达·米吉，你们是谁？"那人喊道。

　　"我是手握大地权杖的姆巴姆比，我曾经把羚羊举到天上。"姆巴姆比说着，向前走了一步。

　　基占拉达·米吉听了以后，吓得转身跑了。

　　姆巴姆比和四个基帕林杰来到一片茂密的树林。

　　"我们就住在这里，大家马上去做好跟马基什作战的准备。"姆巴姆比边说边砍下一根木桩。

　　四个基帕林杰惊呆了，只见其余木桩都自动捆好了。这时，能在悬崖上盖房子的基帕林杰把房子盖在了悬崖上。

大家走了一天，都疲惫不堪，很快就睡着了。

第二天天刚亮，能做木槌的基帕林杰留下来看家，其余人向马基什的部落走去。刚到部落，就展开了激烈的厮杀。

一个白发苍苍、拄着拐杖的老太婆，在一位漂亮姑娘的搀扶下来到能做木槌的基帕林杰家门口。

"勇士，我们来比一比，如果你打赢了，我就把孙女嫁给你。"老太婆指着身旁的姑娘说。

能做木槌的基帕林杰一听，心里很高兴，使尽全身解

数。不料，老太婆只用了三分功力就把基帕林杰打倒在地，随手拾起一块大石头压到他身上，牵着孙女走了。

正在作战的姆巴姆比突然停止了厮杀，让其余三个基帕林杰回家救人。

三个基帕林杰带着疑问往家赶，结果看见能做木槌的基帕林杰被压在石头下。

"连一个老太婆都打不赢，还称什么勇士！"三个基帕林杰了解了事情的原委，都嘲笑能做木槌的基帕林杰。

第二天清早，他们又要去作战了。收割庄稼能手基帕林杰自告奋勇，留下看家。

不久，老太婆带着孙女出现了，没几下，就把收割庄稼能手基帕林杰打败了，同样用石头把他压住，转身和孙女消失了。姆巴姆比停止厮杀，回来救人。第三天，大家又去作战。胡子垂到地面的基帕林杰拍着胸脯，甘愿留下看家。

不一会儿，老太婆又来了。没等老太婆说话，他们就打了起来。可是，老太婆又打赢了，用石头压住基帕林杰，转身消失了。姆巴姆比没办法，只好停止作战，回家救人。

第四天，在悬崖上盖房子的基帕林杰主动留下来看家，结果也被老太婆打败，压在大石头底下。

这时，姆巴姆比已经把马基什打得落花流水、节节败退，只剩下一个村子了。可是，他们不得不停止作战，回来救人。

第五天清晨，姆巴姆比让四个基帕林杰去作战，自己留下来看家。

过了一会儿，老太婆带着孙女来了。

"你吓唬了我的儿子基占拉达·米吉，今天你死定了！"老太婆恶狠狠地说完，就冲了上来。

不到半个小时，老太婆就被姆巴姆比杀死了。

这时，年轻的姑娘含着眼泪讲述了事情的经过。原来，她的家人都被老太婆给杀害了，自己是被老太婆抢来的。

"我愿意跟你结婚，姆巴姆比！"姑娘大声说道。

姆巴姆比决定要保护姑娘，于是同意与她结婚。

不久，四个基帕林杰也得胜归来，为姆巴姆比和姑娘举行了婚礼。从此，他们六个人便一起生活。

过了一段时间，四个基帕林杰开始嫉妒姆巴姆比，决定杀死他。

四个基帕林杰在庄园附近挖了一个很深的坑，用一张席子伪装好，叫来姆巴姆比，说有话要说。

结果，姆巴姆比刚坐到席子上，便掉进了坑里。

四个基帕林杰立即填上土，觉得姆巴姆比肯定死了，随后扬长而去。回到家中，四个基帕林杰把姆巴姆比的妻子囚禁了起来。

弟弟卡本敦古鲁一直在家照顾父母，照看哥哥的生命树。一天，他看到基列姆别要枯萎了，连忙给树浇水，没想到树很快就抽出了新芽，又活了。

被埋在坑里的姆巴姆比忽然看见一条路，便沿着这条路往前走，遇见了一个老太婆。她的上半身在挖土，下半身却在另外一个阴凉的地方。姆巴姆比把自己的情况告诉老太婆。老太婆让姆巴姆比沿着右边的小路，去地下国王卡隆加·恩果姆别的庄园摘一些红辣椒和白花椒，再向国王的女儿求婚。

姆巴姆比按照老太婆的嘱咐，来到国王面前，奉上红辣椒和白花椒，说要娶国王的女儿。

国王见姆巴姆比很有诚意，便命仆人款待他。

"我的女儿被九头魔王基尼奥卡抢走了，如果你救出她，我就把她嫁给你。"席间，国王道出了实情。

姆巴姆比忧伤地走出宫殿，按着国王的描述来到基尼奥卡家里，见到了他的妻子，于是说明了来意。

得知基尼奥卡不在，姆巴姆比只好坐在厅内等候。

突然，许多红色的大蚂蚁从四面八方爬过来。姆巴姆比拔出宝剑将大蚂蚁杀死，又发现飞来许多黄蜂和马蜂。

姆巴姆比用尽浑身解数，把它们轰跑了。

接着，又爬来一群蛇。姆巴姆比采取擒贼先擒王的作战方法，朝蛇王奔去，瞬间就把蛇王戳瞎了。其他小蛇见状，转身就跑。

　　过了一会儿，九头魔王基尼奥卡出现了。姆巴姆比挥起宝剑，奋力厮杀，接连砍掉了基尼奥卡的八个头。基尼奥卡口里喷着火，只剩下最后一个头了。这时，姆巴姆比发现房子后面的园子里有一棵香蕉树，推断那是基尼奥卡的生命树。于是，他匆匆赶过去，砍倒了香蕉树。果然不出他所料，只见基尼奥卡倒在地上死掉了。就这样，姆巴姆比顺利地救出了国王的女儿。

　　"如果你把河里的大鱼基姆比吉杀死，我就把女儿嫁给你。"国王再次提出了要求。

　　姆巴姆比来到河边，把一头小猪挂在铁钩上，拴上铁链扔到河里，同时紧握住铁链的另一端。

　　不一会儿，大鱼基姆比吉游过来，一口吞下了小猪，也吞下了铁钩。

　　姆巴姆比使劲儿往上拉铁链，没想到大鱼力大无比，他反被拽到河里，没来得及爬上岸就被大鱼一口吞下。

　　弟弟卡本敦古鲁发现基列姆别干枯了，就告别了父母，带上宝剑去寻找哥哥。

路上，他遇见了四个基帕林杰，当向他们问起是否见过姆巴姆比时，发现他们神色慌张，觉得他们肯定知道哥哥的下落，于是就威胁他们。四个基帕林杰十分害怕，只好答应拿着工具去挖姆巴姆比。卡本敦古鲁走进坑里，沿着哥哥走过的路碰见了老太婆，顺着老太婆指的方向见到了国王，最终得知哥哥被大鱼基姆比吉吞掉了。

卡本敦古鲁向国王借了五百壮士，像哥哥一样带着小猪、铁钩和铁链来到河边。

结果，他成功把大鱼基姆比吉拖上岸，把鱼肚中姆巴姆比的骨头拼在了一起。

奇迹出现了，姆巴姆比复活了，不久就与国王的女儿举行了隆重的婚礼。

兄弟俩找到那四个基帕林杰，救出了被囚禁的妻子。他们并没有赶回家，而是在那里住下了，又修建了一个大庄园。

就这样，四人一起其乐融融地生活了很长时间。

谎言的结局

很久以前，在阿马霍沙部落发生了严重的干旱，好几个月没有下雨。太阳火辣辣的，田地晒裂了，庄稼烤干了。

人们家中没有一点儿粮食，连最后几粒米都吃光了。

因为吃不饱饭，人们饿得浑身没有力气。牲口也瘦得只剩下皮包骨，什么活儿都干不动。人和牲口都耷拉着脑袋，一点儿精神都没有。

部落里有一户人家，男主人叫肯克伯，女主人叫德玛查，他们的儿子叫马高达。

此时，一家人早已饿得浑身发软。

"你每天出去打猎，可一点儿食物都弄不回来。我看你还是别打猎了，出去找点儿粮食回来吧。"德玛查心里十分恼火。

"这年头儿，我上哪儿去找粮食啊？"肯克伯喊道。

德玛查是个聪明能干的女人，而且还会法术。现在家里没吃的，丈夫又打不着猎物，她不得不自己想办法了。

"你去求求我们的亲戚吧！去要些粮食回来。我父亲住的那个地方，不经常闹灾荒。你去把咱家的困难告诉我父亲，他一定会帮助我们的。"德玛查对肯克伯说。

肯克伯一听，立刻高兴起来，连连点头表示同意。他带上了两只狗做伴，向岳父家走去。

肯克伯饿得身上没劲儿，几乎是一步一步地往前挪，差不多走了整整一天，才走到岳父住的地方。

这里的山坡上有绿油油的嫩草，小河里哗哗地流着水。肯克伯悬着的心终于放下了。

"谢天谢地，这里没有闹饥荒，看来马上就会有吃的了。"肯克伯想。

肯克伯的岳父热情地招待了他。从岳父的态度上，肯克伯认定，家里一定有很多食物。

岳父宰了一头最肥的牛，来招待远道而来的姑爷。

"孩子，你们那儿有什么新鲜事儿呀?"岳父问肯克伯。

"父亲，我们那儿哪还有什么新鲜事儿，大家都快饿死了!"肯克伯苦着脸说。

"说实话，你们住的地方真不好，不如搬到这边来住。"岳父提议道。

"是呀，父亲，我看到你们储藏的食物还真不少呢!"肯克伯说。

"我这儿还有些食物，你回去时可以拿点儿。"岳父得意地说。

岳父宰牛欢迎他，光肉就吃了六天。吃完肉以后，连牛骨头里的骨髓都让肯克伯吸干净了。

岳父答应送给他七袋粮食，还答应派几个姑娘替他扛粮食，送他回家，可肯克伯就是慢吞吞地不着急动身。

"肯克伯实在是太不懂事了，也不惦记妻儿，女儿嫁给他真是倒霉。"岳父想。

又过了几天，肯克伯终于觉得应该回家了。

他非常惊讶，自己刚说要回家，岳父就派人拿出了给他打点好的行装。速度这么快，可见是早就准备好了。岳父还派了几个姑娘帮着肯克伯扛粮食，负责把他送回家。

当初肯克伯来时，是多么虚弱无力呀！现在他觉得自己浑身都是劲儿，特别有精神，一路上兴高采烈地唱着歌。

肯克伯的脑子里有了一个坏念头，决定把粮食全部留给自己吃，一点儿也不给妻子和孩子。

等走到荒山顶上的岩石堆旁时，肯克伯拦住了姑娘们。

"这儿离我家不远了，这些粮食我自己扛就行了，你们回去吧。"肯克伯说道。

姑娘们对他早就厌恶得不得了，把粮食扔在地上，转身就走。

看着姑娘们离开，肯克伯得意地笑了起来。

肯克伯把粮食搬进岩石下的一个小山洞里藏了起来，然后又在洞外找能碾粉的东西。

他找到了一块又扁又平的大石头和一块较小的圆石头，碾起小米来。

将小米碾成面后，他又打开随身带的葫芦瓶，用水和面，做成了许多像楠格薇根一样的长条儿。楠格薇根是荒年里人们挨饿时常吃的一种野草根，又苦又涩，非常难吃。

肯克伯把用小米面做成的楠格薇根，装在身上的皮口袋里，然后又采集了一些真正的楠格薇根，也装在皮口袋里。

肯克伯走到家门口时，天已经黑了，大门紧关着。

"看来德玛查和儿子已经睡下了。"肯克伯想，然后用力敲门。

德玛查连忙打开房门，发现是丈夫回来了，只见他的脸胖得圆了起来。

"你走了这么多天，带回来粮食了吗?"德玛查急忙问道。

"你父亲那里也闹旱灾，他们也在挨饿，哪有粮食给我们啊！我又走了好几个地方，也是什么都没有，根本弄不到一粒粮食，只好空着手回来了。"肯克伯撒谎道。

说着，他从皮口袋里掏出一些楠格薇根。

"瞧，我在半道上好不容易挖了一点儿楠格薇根。过些日子，楠格薇根也快没得挖了。"肯克伯摇着头说。

"没法子，那就吃它吧，现在家里是一点儿吃的都没有了，我和儿子都要饿死了。"德玛查十分失望。

肯克伯把真正的楠格薇根交给妻子，自己却烤熟了用小米面做的楠格薇根，吃了起来。

儿子马高达醒了，来到火炉边。

"为什么爸爸的那根那么香，我们的一点儿香味儿都没有？"马高达坐在妈妈身边，不解地问。

"都是一样的，赶紧吃吧。"德玛查回答说。

夜里，德玛查起来往火炉里添柴火，发现灰缝里有一小段丈夫吃剩下的楠格薇根。她舍不得丢掉，就把它塞进嘴里。

这段楠格薇根嚼起来又香又酥，德玛查恍然大悟，知道丈夫肯定是在骗她。

清晨，马高达醒来时，看见父亲捧了一只小瓦罐，悄悄地溜出了屋子。

"妈妈，爸爸把你的瓦罐拿走了。"马高达大喊道。

德玛查翻身爬了起来，看见火炉上的瓦罐真的不见了。

德玛查和儿子急忙追了出去，远远瞧见肯克伯捧着瓦罐，匆匆忙忙地往岩石堆那边走去。

肯克伯没察觉到妻儿在跟踪他，还以为娘儿俩在家里睡觉呢！

肯克伯走到山洞前，拨开堵在洞口的树枝，猫腰钻了进去。

德玛查和马高达藏了起来，想看看肯克伯到底在做什么。

不大一会儿，肯克伯从山洞里搬出了两块石头，开始碾压小米。

德玛查领着儿子绕过山洞上的那块岩石，爬到了洞口上面。他们从高处往下望，看见肯克伯身旁放着一大袋小米。

"爸爸有吃的，不给我们。"马高达惊讶地瞪圆了眼睛说。

见丈夫把粮食藏在这里，只顾自己，不管她和儿子的死活，德玛查气坏了，决定要好好教训一下这个自私的男人。

德玛查施展法术，把一块悬在洞口上面的大石头推了下去。

肯克伯听见动静，抬头观看，见一块大石头轰隆隆地朝着自己滚了过来，吓得拔腿就跑。石头在他身后紧追不舍。

肯克伯在平地上飞奔，石头就跟着他滚；肯克伯爬上山丘，石头也追上山丘；肯克伯逃到干涸的河床中，石头也跟过去。

人们看到石头追人，都觉得非常奇怪。

见肯克伯跑远了，德玛查就和儿子钻进了山洞。看见山洞里有这么多袋小米，马高达可乐坏了。

德玛查既高兴又难过，高兴的是终于有吃的了，难过的是父亲送给他们这么多小米，可肯克伯却一点儿都不舍得给她和儿子吃。

德玛查把一袋小米顶在头上，走出山洞，又吩咐儿子用树枝堵上洞口。

德玛查将小米拿回家煮熟了，娘儿俩狼吞虎咽地吃了起来。几个月来，这是他们头一回吃顿饱饭。

傍晚，随着一阵震耳欲聋的轰隆声，一块石头撞击着地面，在他们家房前停了下来。

肯克伯狼狈地从门缝里挤进屋来，喘着粗气，一头倒在火炉旁的地上。

德玛查上下打量着肯克伯，见他在不到一天的时间里，却大大地变了模样儿。他的脸瘦了，累得只剩下一口气。

德玛查心软了，有点儿心疼肯克伯，但脸上却一点儿也没有流露出来。

"我的石头哪儿去了？"德玛查板着脸问道。

"在门外面，它追着我跑了一整天，可把我累死了！现在它正在我们家门外。"肯克伯回答说。

"你这个没良心的东西，我什么也不给你吃。"德玛查生气地说。

肯克伯自知理亏，只好铺开席子，盖上被子睡觉。

可是过了一会儿，晚饭做好了，德玛查还是叫醒了肯克伯，全家人坐在一起吃晚饭。

因为长期挨饿，德玛查身体虚弱，腿脚无力，可做饭必须得有柴火烧。于是，捡柴火又成了家中的一件难事儿。

当时没有取火的工具，家家必须保留火种。怎么保留呢？就是火炉里的火永远不熄灭，要细心地看管火炉，时不时地往火炉里添柴火。

可肯克伯自私又懒惰，根本不会捡柴火，又不会细心看管火炉，这种状况给他们今后的生活带来了新的灾难。

一天，肯克伯带着狗去打猎，捉到一只母羚羊和一只小羊。他心满意足地将它们赶回家中，关在牲畜栏里。

肯克伯想吃羊肉，可杀了羊又没有羊奶喝。于是，他想出了个办法，就跟两只狗商量。

"我决定把小羊宰了，你们俩其中一个，假装小羊在吃奶。那样，母羚羊就会继续分泌乳汁，我们就有奶喝了。"

肯克伯说。

"我才不干呢!"那只叫通通结的狗说。

"我想尝尝羊奶的滋味儿,我愿意!"另一只叫姆邦波索结列的狗连忙接话。

肯克伯把小羊杀了,剥下羊皮,套在了狗的身上。肯克伯一家人吃了羊肉后,渐渐恢复了一些体力。

羚羊每天照常供奶,一点儿也没发觉有什么不对。

一天,姆邦波索结列觉得羊奶特别好喝,吮起来就是不松口。肯克伯急着要挤羊奶,实在等得不耐烦了,举起棍子打了狗一下。

羚羊回头一看,知道自己受骗了,顿时发起怒来,把犄角一挺,冲着肯克伯就顶了过去。

肯克伯吓得满院子乱跑,羚羊就在后面追。德玛查听见院子里乱哄哄的,急忙从屋里跑出来。

"爬上石头!"德玛查大声喊道。

肯克伯迅速跳上那块一直躺在家门外的石头上。羚羊径直朝着石头奔来，一头撞死了。

母羚羊死了，肯克伯可乐坏了。

"现在我们可以大吃一顿了！"肯克伯说。

他早把喝羊奶的事儿忘到九霄云外了。

德玛查和马高达取来菜刀，三个人一起动手剥羊皮。

德玛查满头是汗地忙活着，却忘记了往火炉里添柴火，当切好肉准备煮时，发现炉子里的火灭了。他们趴在火炉边上，拼命地吹着剩下的那几块木炭。可全是白费力气，

27

一点儿火星儿都没有。

没有炉火就煮不熟羊肉，一家人愁坏了。

"我们总不能吃生肉呀！"德玛查愁眉苦脸地说，让肯克伯去邻居家要点火种。

他们家住的地方很偏僻，到最近的邻居家去也要翻过一座小山丘。肯克伯懒洋洋地躺在席子上，根本不愿意动弹。

"马高达，你到山丘后面随便哪个人家里，去要点儿火种来。记住，在回来的路上要看好火种，千万别让火在半路上熄灭了。"德玛查嘱咐道。她又拿了一块羊肉递给马高达，让他用这块肉换火。

马高达是一个非常听话的孩子，比他的父亲勤快多了。

马高达想让两只狗陪他一块儿去，可此时两只狗正在啃羚羊的骨头，吃得正香，根本不愿意挪动地方，怎么也不肯走。

无奈，马高达只好一个人去了，心里却非常害怕。他把肉藏在衣襟下面，提心吊胆地翻过山丘，来到第一户人家，小心翼翼地跟人家说明情况，却遭到了拒绝。

马高达只好继续往前走。可是他无论走到谁家，都被撵了出来。

这里的人们都饿疯了，变得一点人情味儿都没有。最后，马高达走到一间破房子前，这里住着一个孤苦伶仃的老太太。

马高达实在是走得太久了，累得哭了起来。

"老奶奶，求求你！从您家的火炉子里分一段有火的木头给我吧！我妈妈让我出来要火种，可我一直要不到。"马高达哭着说。

听到马高达的哀求，老太太没有说话，只是摇了摇头。马高达把藏在身上的那块羚羊肉掏出来，递到老太太面前。

老太太一看见肉，眼睛都红了。她伸手从火炉里抽出一根燃着旺火的木头，塞进马高达手里。

马高达把肉给了老太太，转身奔出小房子。他拼命地往家跑，时不时地用嘴吹吹火。

其他人见马高达拿着火种出来，觉得奇怪。

他们偷偷走到老太太的房子前，闻到一股香喷喷的烤肉味儿，顿时怪叫着冲进屋里，抢走了老太太的羚羊肉。

"肉是刚才那个小孩送来的，他家里一定还有，追他！"一个人喊道。

马高达看见有人追他，吓坏了，拼命地跑回了家。

"有人追来了，快躲起来！"一进家门，马高达就大喊起来。

德玛查立刻明白出了什么事儿，拽着马高达拔腿就跑，后面还跟着两条狗。他们一直跑进房子后面的山林里，躲了起来。

肯克伯舍不得留下所有的羚羊肉，顺手抓起一只羚羊的后腿，躲到了家门外的石头后面。他看到那些人像疯了一样，冲进来后，朝着羚羊肉就扑过来。

他们抓起生羚羊肉大口地吃了起来，人多肉少，羚羊肉很快就被吃光了。

接下来，出现了让肯克伯更加害怕的事情：这些人开始翻箱倒柜，满屋子寻找可以吃的东西。

他们胡乱翻腾了一阵子，并没有什么发现，就打算离开。可路过肯克伯藏身的石头时，突然闻到了一股肉味，立刻停住脚步。

他们发现了肯克伯，把他从石头后面拖出来。

见肯克伯死死抱着羚羊腿不松手，饿急了的人们一拥而上，照着肯克伯一阵乱打，当场就把他打死了。

贪婪的肯克伯，就因为一条羊腿丢了性命。

肯克伯不仅自己搭上了性命，还连累了妻子德玛查。这些人吃了肯克伯手里的羊腿后，猜想他妻子手里一定也有吃的。

"他老婆也许就藏在附近，赶紧找，不能让她跑了。"其中一个人说道。

很快，他们在山林里找到了德玛查，把她带走了。其实德玛查是为了保护儿子，故意暴露自己，引开那些人的。

此时，山林里只剩下可怜的马高达和两条狗了。他们胡乱地跑一阵，总算找到了回家的路。

爸爸死了，妈妈被抓了，马高达哭了一阵子，就和两只狗挤在一起，躺在冰凉的火炉子旁边睡着了。

德玛查被这些人看管起来，表面上装出一副满不在乎的样子，心里却一直想着逃走的办法。

"你们想喝酒吗？"德玛查突然问道。

"酒？没有粮食，怎么酿酒？"那些人一听说酒，顿时来了精神，疑惑地说。

"我知道哪儿藏着小米！"德玛查神秘兮兮地说。

德玛查把山洞的事儿告诉了他们，说山洞里还剩下两袋小米。

一听有小米，所有人都喜出望外，马上命令德玛查把小米取回来。领头的还派了自己老婆去帮着扛，另外派了两个男人跟着。

德玛查带领女人们酿酒，整整酿造了三天，特意将酒劲儿酿造得特别大。

酒酿好后，她叫来所有人，请他们狂饮。

这酒酿得简直太好喝了，一开始，人们还吵吵嚷嚷，后来就喝得迷迷糊糊，到最后都不省人事了。

"现在是逃走的时候了。"见他们都喝醉了，德玛查想。

她悄悄走出屋子，趁着夜色，在黑夜里拼命奔跑。

德玛查终于看到自己的家了，也看见了门前那块石头。

"马高达，马高达，你在家吗?"见房门关着，德玛查大声喊道。

屋里传来了马高达的回应声，门开了，两条狗先窜了出来，一起欢叫着扑向了她。

马高达从屋里探出头来，见是自己的母亲，什么也顾不得了，跑出来一头扑进了妈妈的怀抱。

"咱们得马上逃走，趁天黑到你外祖父家去，快点儿，否则天一亮就走不掉了。"德玛查搂着儿子说。

临走时，德玛查又来到家门外的石头旁。

"好好待在这儿，看守这条路。如果敌人来追我们，你就把他们撵回去。"德玛查对石头说。

马高达拿着棍子，跟在母亲后面，两只狗欢快地在他们身边乱窜。

他们走了一夜的路，终于平安到达了德玛查的父亲家。

见女儿带着外孙子回来，父亲特别高兴，为他们准备了早饭。

德玛查向父亲详细地诉说了自己家中遭遇的灾难。

父亲听完后，非常同情女儿。

"你摆脱了肯克伯，那才是不幸中的万幸。从今以后，你们娘儿俩就住在这里，一定会有好日子过的。"德玛查的父亲说。

从此，德玛查带着儿子在父亲家过上了幸福的生活。

绿　鸟

　　很久以前，在一座不知名的大山脚下，繁衍生息着一个部落。部落酋长有一个儿子，名字叫克克加。

　　这天是克克加成亲的日子，娶亲的队伍穿着华丽、阵容庞大。走在中间的是新郎克克加和新娘库科。他们共同骑在一头膘肥体壮的大白牛上。前面是新郎部落里的一队士兵，后面的是新娘部落里的一群姑娘。一路上，姑娘们都在大声唱着欢乐的歌，气氛异常活跃。

　　库科是她所在部落长得最美丽的姑娘，性格温柔，善解人意，但她家里却很不幸。不知为什么，父母生了几个女儿，除她以外，别的女儿生下来都是乌鸦。这些乌鸦姐妹，非常嫉妒貌美如花的库科，总是想方设法欺负和捉弄她。

父亲怕她出现意外，就让部落酋长做主，为她与克克加定下婚事。酋长决定，秋收后就让库科出嫁，将这个美丽善良的姑娘风风光光地嫁出去。

库科的母亲懂得巫术，是一个很有智慧的女人。库科离开娘家时，母亲对她恋恋不舍。

"可爱的女儿，你一定要记住妈妈的话。如果在山林里遇到绿色的狒狒，一定要万分小心。无论遇到几只，离你们有多近，千万不能让新姑爷和士兵去追赶它们。不去招惹绿狒狒，你们的婚姻将会美满幸福，可一旦去追赶它们，你们就会大难临头。"母亲一遍遍地嘱咐道。

事情果然不出库科母亲所料，当迎亲的队伍刚穿过一片荆棘丛林时，一只绿色的狒狒就从队伍前一闪而过，窜上一棵大树。它从一棵树跳到另一棵树，始终晃动在迎亲队伍前面。

"看，恩西满高！"队伍中有人认出了这只狒狒，不由地惊呼起来。恩西满高是大壁虎姆布鲁豢养的一只宠物。在姆布鲁的授意下，它做了很多坏事，人们对它恨之入骨。

士兵们一听说是恩西满高这个可恶的家伙，立刻追了上去。此时，新娘和新郎想阻止已经来不及了。

库科想起了母亲的嘱咐，表情立刻变得忧郁起来。

"亲爱的，别害怕！士兵们很快就会把这只该死的绿狒狒逮住，马上就会回来。"新郎克克加安慰道。

库科和她的女伴们只好停下来原地等候。可是一等再等，直到中午也不见士兵们回来。

"我马上去把他们找回来。"克克加说完跳下牛背，跑进树林，转眼间就不见了。

此时，太阳高悬在天空，新娘和女伴们被烤得无法忍受，只好躲到树荫下乘凉。

库科汗流浃背，实在坚持不住，便让女伴们去小溪取水。

女伴们刚一离开，大壁虎姆布鲁就出现在库科的面前。

"你好，美丽的新娘，漂亮的公主！你穿的裙子真漂亮！请你从牛背上下来，让我好好欣赏一下好吗？"姆布鲁靠近库科，貌似温柔地和她打招呼。

一开始，库科很害怕，不敢答应姆布鲁的要求。可是她在牛背上坐得实在太久了，又累又乏，更招架不住姆布鲁的苦苦相劝，便从牛背上爬了下来。

库科的脚刚一落地，姆布鲁就走到她面前。

"公主，请你把漂亮的裙子脱下来，让我好好瞧瞧。"姆布鲁用威胁的口吻要求道。

面对姆布鲁丑陋的面容和邪恶的目光，库科吓坏了，浑身颤抖。此时，身处荒郊野岭，孤零零一人，她不敢不听从姆布鲁的威胁，只好哆哆嗦嗦地脱下软皮裙，很不情愿地递给姆布鲁。

姆布鲁看了一眼，然后穿到自己身上。

姆布鲁得寸进尺，将手伸向库科。

"把你的面纱摘下来，让我试试。"姆布鲁又要求道。

这个凶恶的丑八怪，把库科的胆儿都要吓破了。库科不敢反抗，摘下面纱递给姆布鲁。

"这头牛真漂亮，让我也骑一会儿。"姆布鲁把面纱戴在头上，然后翻身跃上牛背。

"你快下来，把裙子和面纱还给我……"库科吓得大哭起来。

这时，库科听见女伴们的说话声从远处传来。可还没等女伴们走近，她突然觉得自己的身子越来越小，变成了一只长着绿色羽毛的小鸟。再看女伴们，也和自己一样，都变成了绿色的小鸟。

原来是姆布鲁施展了巫术，把姑娘们都变成了小鸟。

小鸟们叽叽喳喳地叫着，飞上了天空。

终于，克克加领着士兵回来了。他们带回来一张狒狒皮，不用说就知道是恩西满高的皮。这个做尽坏事的家伙，终于被除掉了。

他们来到大白牛跟前，四处观望，却没有见到女伴们，感到非常奇怪。

"她们去哪儿了？"克克加问。

"都回家了，就剩下我自己。这么热的天，我都要被太阳烤熟了。"姆布鲁哑着嗓子，喘着粗气说道。

"新娘"嘶哑的嗓音把克克加吓了一跳，牛背上的"新娘"，更使他吃惊不已。

"你怎么了？怎么变成这副丑模样！"克克加问道。

克克加被吓坏了，浑身不停地抖动着。他突然想起，在岳父家迎亲的时候，曾看见过一群乌鸦，据说是库科的姐妹们。当时，他也没多想。没想到，美丽的新娘竟在娶亲的路上，变成了这副丑陋的模样。

对于刚才发生的事情，克克加一无所知，以为牛背上的新娘就是库科，是因为家里被施了巫术，才变成这副丑陋的模样。克克加认为是自己的选择有问题，竟然娶了这种家庭的女儿。

迎亲的队伍继续往前走着，最前面的是士兵，克克加跟在士兵后面，姆布鲁骑着牛走在最后。新娘突然变成了丑八怪，使队伍中所有的人都垂头丧气，不愿多说一句话。

没有了欢笑，也没有了歌声，只有一群小鸟"啾啾啾"地叫着，在队伍上空盘旋。小鸟们大声地唱道：

"啾啾啾，娶媳妇，啾啾啾，怎知道，

媳妇凶，媳妇恶，媳妇是个丑八怪！"

　　克克加和士兵们听不懂鸟儿的语言，被吵烦了，就挥动手臂，想撵走小鸟。可是，怎么撵也撵不走。最后，鸟群竟随着迎亲队伍进了新郎的家，落在大门上，仍在叫个不停，用歌声羞辱着这个"新娘"。

　　很多年来，部落里的人们就视牛为财富、吉祥的象征。他们把重要的集会场所建成牛栏形状，中央留一块空地，举行部落里的大型集会和盛大宴会。

　　今天是克克加娶亲的日子，这里早已挤满了前来庆贺的人们。克克加的父亲，也就是酋长，端坐在牛栏正中央的空地上。一群上了年纪、在部落里具有身份地位的人，围坐在酋长周围。他们要在这里迎接远道而来的新娘，为新人们举行结婚典礼。

　　"新娘"一点儿规矩也不懂，一点儿礼貌都没有，骑着牛，旁若无人地走进牛栏，来到酋长面前。

　　酋长一见牛背上的"新娘"，顿时惊呆了，脸上也瞬间没有了笑容。

"她是谁，我儿子迎娶的漂亮姑娘在哪里，你们从哪儿弄来个丑八怪？你们竟敢欺骗我，我要下令把所有去娶亲的士兵都宰了！"酋长一脸怒气，大声怒吼道。

克克加见父亲发怒，急忙上前行了个礼。

"父亲，这不是士兵们的错，我在岳父家看见了那个美丽的姑娘，她比别人说的要美丽许多。不过，我们在回来的路上出了意外……"克克加把迎亲回来，在路上遇到绿狒狒的事情，原原本本、从头至尾告诉了父亲。

"也许是巫术把新娘变成了这个样子。那就等等再说吧。"酋长表情凝重，沉思了片刻说道。

克克加一看"新娘"就害怕，打心眼里讨厌她，于是当众宣布，无论如何也不跟她成亲。所有在场的人都觉得，相貌丑陋的"新娘"根本配不上英俊帅气的克克加，劝说酋长取消婚礼。

其实，酋长也不希望娶个这么丑的女人做儿媳妇，便同意将结婚典礼临时取消。

"你把新娘带走，找一间房子，让她单独住在里面。也许是天气太热，将她变成了这副模样。也许，过一段时间会好的。"酋长把一个女仆叫到跟前吩咐道。

盛夏季节，骄阳似火，是农田里活儿最多的时候，也是锄草的最佳时机，因为铲掉的草很快就会被太阳晒干。为了尽快将荒草除尽，部落里所有能干活儿的人，不分男女，都下田了。

人们从早到晚，不停地忙碌着。留在酋长家里的，只有一位叫作索沙的老太太。她无儿无女，在酋长家做了一辈子仆人，酋长一家也都很尊敬她。现在她年纪大了，走不动了，根本干不了田里的活儿，酋长便把她留在家里，随便干点儿家务活儿。

这天，索沙看见酋长家附近来了一群漂亮的姑娘。她还从未见过这么美丽的姑娘，十分好奇，便走上前去。

人群中一个长得最漂亮的姑娘，走到索沙面前，恭恭敬敬地行了个礼。

"您好！老人家。我们可以帮您干活儿，但您要为我们保守秘密，不要把我们来这儿的事情告诉别人。"最漂亮的姑娘对索沙说。

索沙一听非常高兴，尽管对这群姑娘的来历十分怀疑，仍连连点头答应。

最漂亮的姑娘见索沙答应了她的请求，非常高兴。

"姑娘们，来呀，我们帮老奶奶干活儿!"姑娘转身招呼道。

姑娘们随着索沙进了屋，开始忙活起来，有的收拾屋子，有的擦地，有的酿造啤酒，有的去泉边打水。只一会儿工夫，姑娘们就干完了所有的活儿。

老索沙看着她们干活儿，惊得目瞪口呆。

"老奶奶，如果有人问你这些活儿都是谁干的，你怎么说?"姑娘们问她。

"是我一个人干的。"索沙回答道。

姑娘们露出满意的微笑，告诉索沙，她们明天还会来。

索沙非常喜欢这群姑娘，特别是长得最漂亮的那个。

太阳快要落山了，她们告别索沙，跑进树林。

人们从田里回来，见一切都变了样子，非常吃惊，纷纷询问索沙，这些活儿都是谁干的。面对人们惊讶的目光，索沙笑而不答，实在被问急了，便用一支歌儿作为回答：

"我一瘸一拐，擦了地，酿了酒，扫了垃圾，打了水。"

"索沙，这些活儿真的都是你干的，这怎么可能呢?"大伙儿都不相信索沙的话。

第二天，等人们都干活儿去了，这群漂亮的姑娘又来了。

这回，除了打扫卫生、担水外，她们还制作了香甜可口的饮料，酿造出更加好喝的啤酒。

"老奶奶，再见!"姑娘们干完活儿，彬彬有礼地向索沙告别。

"再见，我可爱的孩子们，你们辛苦了!"索沙挥舞着手臂，和姑娘们告别。

傍晚，人们从地里干活儿回来，又和昨天一样，无不流露出惊讶和疑惑的表情，问索沙是谁酿出了这么好喝的饮料和啤酒。索沙仍一口咬定说这些都是她自己干的。

第三天，姑娘们还是如约而至。她们酿造的啤酒味道纯正，清凉甘甜。老索沙尝了一口，连声夸奖，说她活了这么大年纪，还是第一次喝到这么好的啤酒，这是她一辈子喝过的最好的啤酒。

姑娘们把啤酒装在瓦罐中，分发到每个房间。干完活

儿，她们和索沙围坐在一起，快乐地唱歌，尽情地品酒。

直到太阳落山，她们才恋恋不舍地离开，回到树林里去了。

人们从地里干活儿回来，对发生的一切，更加惊奇了。他们品尝了啤酒，连声称赞，说真是太好喝了。

他们一遍遍地询问索沙，问这些活儿到底是谁干的，是谁酿造出这么好喝的啤酒？可是不论怎么问，不管问多少遍，索沙仍旧一口咬定说是她一个人所为。

人们根本不相信，索沙又老又笨，怎么可能酿造出这么好的啤酒呢？后来，索沙竟装聋作哑、避而不答了。越是这样，人们越是议论纷纷，说什么的都有，他们猜测，部落里一定发生了什么神奇的事情！

克克加听说此事，感到非常奇怪，便偷偷跑去问索沙，让她说出真相。可索沙还是一口咬定，说活儿都是她一个人干的。

"老人家，别哄我了，你一个人怎么能干这么多活儿呢？何况，你根本不会酿啤酒。我知道，一定是发生了什么事情！"克克加见索沙不说实话，非常着急。

索沙显得很为难，犹豫不决。

"如果我告诉你，我就说话不算数了。我已经答应了姑娘们，要替她们守着这个秘密。"索沙考虑了一下，一脸无奈地说。

克克加不肯放弃，苦苦央求索沙说出真相。

"你都这么求我了，我就没法儿不说了。你好好听着，我把见到的都告诉你！这些日子，每天中午都会有一群漂亮的姑娘到我们这里来，是由一个美丽善良的姑娘带来的。她们干活儿认真、心灵手巧，什么活儿都会干，还非常有礼貌。她们会唱歌，声音像百灵鸟的叫声一样好听。如果你能亲眼看看她们，就知道这群姑娘有多可爱了。"索沙禁不住克克加的央求，只好实话实说。

克克加知道了事情的真相，既吃惊又高兴。

"明天中午，我一定来看看她们！"克克加兴奋地说。

第四天，姑娘们的活儿就干得更利索了。她们往柴房里搬运了好多柴火，把每个房间都打扫得干干净净，把每一口水缸都装得满满的。干完活儿，也觉得累了，她们便聚到索沙的房间里，一边休息，一边品尝她们自己酿造出来的啤酒。

这时，克克加走了进来。他的突然出现，让姑娘们一时不知所措，惊慌地跳了起来，低下头想从克克加的身边溜出屋子。克克加怎么肯放她们走，急忙张开双臂，拦住她们。

克克加一眼就从姑娘中认出了库科。

"我的新娘，真的是你！你知道吗，我做梦都在想你！"克克加又惊又喜，连声惊呼。

克克加说得没错。那个最美丽的姑娘就是库科。克克加悲喜交加，伸手把库科拥进怀中，亲吻她的额头。

"我美丽的新娘，你去哪儿了？我到底做了什么错事？你为什么这样无情地惩罚我？"克克加问题连连。

"你把我从家里接出来，却把我扔在深山里不管了，还娶了丑恶的壁虎！"库科责怪道。

"我就知道那个丑八怪根本不是你！你知道吗，找不到你，我简直都要急疯了！"克克加神情激动地说。

库科含着眼泪，将自己和女伴们被姆布鲁用巫术变成绿色小鸟的经过，原原本本地向克克加诉说了一遍。

"我们该回树林了，太阳落山后，恶毒的巫术又要把我们变成小绿鸟了。"库科抬头望了一眼即将落山的太阳，无奈地说道。

"不，不，我可怜的新娘，无论如何我也不会放你们走，再也不会让你离开我了！"听到姑娘们要离开，克克加急得大叫起来。

知道了姑娘们的不幸遭遇，克克加非常气愤，更加痛恨丑陋的壁虎姆布鲁。

"都是那个该死的假新娘设下的圈套，应该将这个恶魔撵走或者杀死。你们哪儿都别去，就留在这里，和索沙待在一起，以后的事情交给我。放心吧，我会尽我全部的力量来保护你们，再也不会让那个丑八怪来欺负你们，我可

爱的新娘，可怜的姑娘们！"克克加愤愤地说。

克克加跑到地里找父亲。他把库科和女伴们被巫术变成小绿鸟的遭遇，全都告诉了父亲。

"父亲，您一定要回去看看我真正的新娘，她长得有多么漂亮，多么可爱！您一定会喜欢她的！"克克加兴奋地对父亲说。

酋长感觉到了事情的严重性，让人请来了巫师，商议如何对付姆布鲁。商量好对策，酋长马上派人去地里送信，让所有的人马上回来。

接到酋长的命令，人们立刻停下手里的活儿，返回部落。他们不知道发生了什么事情，都觉得非常奇怪。

"怎么太阳还没落山就让我们回来了？""离天黑还早着呢，不会是发生了什么事情吧？""一定是发生了什么大事情！"人们互相交头接耳、议论纷纷。

酋长吩咐男人们在牛栏中央挖了一个大坑，吩咐女人们用瓦罐烧水。

一切都准备就绪，酋长命令将假新娘请出来，不动声色地让它和女人们坐在一起。

"都过来吧，天气热，大家辛苦了！现在我们举行一个比赛，然后请大家痛痛快快地喝啤酒。好心的索沙为我们酿造了很多啤酒，非常的好喝！"酋长面带微笑地对众人说道。

女人们也被邀请到牛栏里。可是姆布鲁不肯进来，说牛栏是部落最神圣的地方，逝去祖先的灵魂都住在里面，不经过主人的允许，外人是不能进去的。

"我允许你进来！"酋长发出邀请。

姆布鲁只好走进牛栏。

酋长吩咐女人们进行跳坑比赛——在挖好的大坑里放上一罐新鲜的牛奶，女人们依次从坑上跳过去。

比赛开始了，女人们一个接着一个，围着大坑转过三圈后，纵身跳过大坑。轮到姆布鲁了，这个混身长着鳞片的丑八怪，刚要跳过大坑，却突然闻到了新鲜的牛奶味儿，眼里顿时流露出贪婪的目光。一股扑鼻的奶香味让它忘记了正在进行的比赛。它伸出舌头，再也迈不动步子了，一下子掉进坑里。

掉进坑里后，姆布鲁兴奋地摇了摇一直小心翼翼藏在衣服里的尾巴，顿时原形毕露。它贪婪地将嘴巴伸进牛奶罐里，大口大口地喝起来。原来，新鲜的牛奶是壁虎最爱喝的东西。

酋长见时机已到，立刻发出命令，人们纷纷拿起火炉上的瓦罐，将里面烧沸的水，一齐浇到姆布鲁的身上。

姆布鲁立刻发出凄惨的号叫声，不停地挣扎、翻滚。很快，这个做尽坏事的恶魔就被活活烫死了。

除掉了姆布鲁，克克加高兴地把库科从索沙的房间里请出来，郑重其事地把她介绍给大家，并讲述了她如何遭到姆布鲁陷害，变成一只小绿鸟的经过。

既然姆布鲁已经死了，那么施在姑娘们身上的巫术也就自动解除了。新娘库科羞羞答答地跟在新郎克克加的身后，她的美貌惊呆了所有人。人群里不停地爆发出欢呼声。酋长对儿媳非常满意，当即宣布要为他们举行隆重的结婚典礼。

婚礼上，最高兴的就是索沙。她不停地笑着，逢人便讲库科如何善良、勤快、心灵手巧。索沙告诉大家，好喝的啤酒都是新娘带领姑娘们酿造的，所有的活儿也都是她们干的。

有人故意逗索沙，说你不是在歌里唱"我一瘸一拐，擦了地，酿了酒，扫了垃圾，打了水"吗？现在怎么又都成了别人干的呢？

"你们也不想想，我腿脚不好，就算拼死拼活地干一天，就算我是世界上最麻利的老婆子，也干不了这么多活儿呀！"索沙笑眯眯地说。

"酋长家的新娘，是世界上最美丽、最勤劳的姑娘！"人们纷纷称赞道。

酋长下令，杀牛宰羊，让全部落的人欢度节日。人们欢天喜地、载歌载舞。

森林姑娘

很久以前，在哥斯达黎加低洼的大西洋海岸，大片茂密的雪松林附近住着一位美丽、善良的印第安姑娘。

她懂得一点儿医术，善于做护理一类的事情，经常像亲人一样护理病人。她对动物爱护备至，把扶危行善当作自己最大的幸福和快乐。

部落里有个叫巴伊萨的年轻武士，长得高大魁梧，但生性残暴凶狠。

一次，巴伊萨在两个部落的战斗中负了伤，被紧急送到姑娘那里。姑娘精心护理武士，轻轻地给他擦洗伤口，还从森林里采来药草为他敷伤。

姑娘温柔的动作，轻声的问候，让武士动了心。

不久，武士的伤痊愈了，却爱上了为他疗伤的姑娘。回到家里，姑娘的倩影总是浮现在眼前，他心烦意乱，做什么事情都静不下心来。

武士没有考虑姑娘是否喜欢他，就耀武扬威地带着随从，霸道地登门向姑娘的父亲求亲。

姑娘的父亲十分清楚武士的为人，心里暗暗地盘算着，如何找个借口回绝武士。

"我的女儿还小，不想这么早就结婚。"父亲委婉地拒绝。

"比她岁数小的姑娘们都已经结婚了。"武士毫不客气地给堵了回去。

"是的，可我的女儿喜欢护理伤病员和照顾小动物，她想把自己的精力都用在这些事情上。"父亲继续找借口。

武士已经很不耐烦了，觉得自己看上姑娘是他们一家人的荣耀。

"你女儿必须嫁给我，明天必须给我个答复。"武士蛮横地说完，就气势汹汹地走了。

可怜的老人闷闷不乐，不知如何是好，静静地等着女儿回来，准备把一切告诉她，再共同商量一下该怎样应付武士。

不一会儿，慈爱的父亲就听到远处传来了女儿银铃般的歌声。

聪明的姑娘觉察到了父亲心中的忧伤，便主动询问父亲。

"巴伊萨武士到咱家来向你求婚了，我找了好多借口回绝他。"父亲叹了口气。

"他是一个粗鲁的没有修养的男人，我永远也不会嫁给他。"姑娘愤愤地说。

"但他说，如果不答应，对咱们没有什么好处。"父亲低头补充道。

"不管他会做出什么，我绝不会嫁给他!"姑娘美丽的脸蛋气得通红。

"但他可是一个什么坏事儿都能干出来的人。"父亲怯怯地说。

第二天早上，巴伊萨武士又来到了姑娘家。

"你女儿一定因为嫁给我而感到高兴吧?"巴伊萨武士自以为是地问。

"不，我女儿她，她不愿意……"老人有点紧张地回答道。

"我已向酋长请求，把你的女儿许配给我，酋长已经同意了。"巴伊萨武士得意而又嘲弄地对老人说。

听说酋长已经同意，老人觉得再也没有办法阻止了，只好答应把女儿嫁给巴伊萨武士。

巴伊萨武士高兴地走了，说第二天来接新娘举行婚礼。

姑娘从森林里采集药草回来了。

"酋长已经同意你嫁给巴伊萨武士了，我们的反抗是毫无用处的。"老人脸上挂满了泪水，感到惭愧又无奈。

"我可以逃进我了如指掌的森林，那里的动物们平时都得到过我的照顾，它们会帮助我的。"姑娘镇定自若地说。

老人眼睛里泛出喜悦的光芒，但很快又变得满目凄楚。

"你躲进森林，我就看不见你了，也不能去找你，因为他们会尾随我而找到你的。"老人摇着头说。

"我夜里回来，那时人们都在酣睡。"女儿回答道。

就这样，父亲目送着女儿，直到女儿的身影消失在茫茫的大森林里。

第二天一早，残暴的巴伊萨武士在部落其他武士的陪伴下，带着浩大的队伍，来接新娘。

"我的女儿失踪了。"老人用早已想好的话来应付巴伊萨武士。

"要是你把她藏起来，我就把你带走，挖掉你的眼睛。"巴伊萨武士火冒三丈，紧紧地揪住老人的脖领威胁道。

老人看到巴伊萨武士的残暴嘴脸，觉得女儿逃走是对的。

"她知道你要娶她的事情后，很伤心，于是就走了。"老人横下心，说道。

巴伊萨武士带着武士们在村内挨家挨户地搜查，弄得村里鸡飞狗跳、四邻不安，可最后还是一无所获。

"一定是躲到森林里去了。"有个随从给巴伊萨武士出主意。

巴伊萨武士又带着队伍去了森林。

"你们看着，我要揪着她的头发把她拖回来，我不会轻

饶她！"在森林边上，巴伊萨武士大声叫嚣着。

巴伊萨武士和随从首先来到了第一片雪松林。

可是，走了不一会儿，就有一些很可怕的蛇拦住了他们的去路。它们都是得到过姑娘照顾的蛇。

巴伊萨和随从怕被蛇咬，只好绕道而行。

刚刚找到了一条小路，结果成千上万的蚂蚁爬出来，钻进他们的衣服里，咬得武士们嗷嗷直叫。原来，蚁王平时得到过姑娘的照顾，所以它的家族都把姑娘当作最好的朋友。

武士们对这些小小的蚂蚁束手无策，只好再次逃离，走上另一条小路。

刚走出不远，成群成群的鸟儿就飞了出来，在他们的头上盘旋，遮天蔽日，弄得武士们辨不出方向。不用说，这些鸟儿也是平时得到过姑娘恩惠的。

武士们在森林里乱转，被各种动物弄得晕头转向，狼狈不堪。就在这时，森林里忽然响起了悦耳的歌声。

武士们都听出来了，那是姑娘的歌声。

巴伊萨武士根据歌声知道了寻找的方向，让武士们分散开，包围森林，向中心一点一点地靠拢。看来姑娘插翅难逃了，残暴的巴伊萨眼里闪着得意的光芒。

令武士们奇怪的是，姑娘是个很聪明的人，应该知道自己大声唱歌的后果，但她似乎并未小心提防，还在放声歌唱。

武士们围拢过来，可就在这时，森林里却突然静了下来，姑娘那优美的歌声一下子消失了。

包围圈越来越小，武士们可以清楚地听见对面人的谈话声了。不一会儿，他们头碰头了，可是竟扑了个空，连姑娘的影子都没看见。

"就是有神仙帮助，我也要把她抢过来。再搜一遍！"巴伊萨火气越来越大，几乎是歇斯底里地大喊。

搜了一遍又一遍，森林都快被踏平了，可一切都是徒劳的。姑娘好像变成了空气，让他们能感觉到她的存在，却根本抓不到她。

巴伊萨和武士们筋疲力尽，只好拖着沉重的双腿悻悻地往回返，可这时又传来姑娘那悠扬的歌声。

"魔女，魔女，我要弄死你！"巴伊萨气得像一头狼，对着月亮仰天长啸。

巴伊萨觉得，这歌声分明是对他的嘲弄。

姑娘到底去哪了呢？原来，她藏在了采药时发现的一个隐蔽的山洞里。

一天，姑娘采药时发现一只小兔子的后腿被猎人的夹子夹住了，便跑过去解救了小兔子。当时，下雨了，姑娘就跟着小兔子进了这个山洞。

山洞在一个悬崖上面，洞口被野草和灌木丛遮挡得严严实实的。所以，无论是巴伊萨还是其他人，都无法找到她，而她却可以用清亮的歌喉嘲弄他们。

巴伊萨回到部落去见酋长，把自己找姑娘的倒霉经过讲述了一遍，之后又请求酋长把所有的武士都借给他。

酋长平时很倚重巴伊萨武士，甚至有点儿害怕他，只好应允。

"好，让他们天亮前做好一切准备。"巴伊萨武士强调了一句后离开了酋长家。

回到家里，巴伊萨辗转反侧，一夜未睡。

夜深了，姑娘惦记年迈的父亲，借着夜色，朝家走去。她悄悄地来到家门前，打探四周后轻手轻脚地进了屋。

父女二人相见，激动不已，泪流满面。

"明天拂晓前，全部落的武士都要去抓你。"老人不安地说。

"别担心，他们找不到我。"姑娘安慰父亲。

第二天天没亮，姑娘就急匆匆地从家里走出来，又躲进了森林。

在酋长家前面的空地上，巴伊萨一大早就急不可耐地集合所有的武士。

以往武士们列队出发时，村里的妇女和孩子们都会聚集在武士们的周围，用敬佩和期望的目光为他们送行。而这一次，气氛截然不同。

来送行的人稀稀落落，而且妇女和孩子们都用鄙视的眼神看着武士们。

有许多人，甚至一些武士，都不赞同凶残的巴伊萨将要去做的事情。

"她是全部落最好的姑娘，没有人性的巴伊萨怎么能配得上她！"妇女们悄悄地议论着。

"你不应该迫害这个好姑娘，她对村里每个人都给予过帮助。"一位老妇人对巴伊萨说道。

"她说得有道理！"一个武士随声附和。

巴伊萨没有吭声，脸气得煞白，紧紧握在手里的标枪猛地刺入了可怜的老妇人的胸膛。

看着脚下死去的老妇人，巴伊萨又命令把那个附和的武士抓起来捆在树上。其他武士不敢违抗命令，只好服从。

"等我回来，会把你当靶子，用标枪穿透你的心脏。"巴伊萨恶狠狠地威胁着被绑在树上的武士。

"谁敢违抗我的命令，下场将和他一样!"巴伊萨转身威胁其他武士。

巴伊萨的暴行激起了村民们极大的愤怒，人们纷纷议论着。

"告诉你们，别学这个老太婆。不然，她的下场就是你们的下场!"巴伊萨瞪着眼睛对村民们说道。

威胁起了作用，人群静了下来。

巴伊萨带领武士们又来到了第一片雪松林，像上次一样，先包围，再缩小包围圈。

森林里响起了姑娘勇敢的歌声，好像一种挑战，又像一种嘲讽。

"快给我缩小包围圈!"巴伊萨气得脸色发青，发疯似的喊道。

武士们向茂密的森林中心搜索，一个挨着一个，不留一点儿空隙。

可是，姑娘的歌声依然无所畏惧地在林中回荡。

当包围圈快缩小到森林中心时，歌声又骤然停止了。

很快，从几个方向包抄的人又"会师"了，可是姑娘却好像从这个世界上消失了一样，仍然不见踪影。

"放火烧掉森林。"巴伊萨气疯了。

"如果放火烧掉森林，那我们找到的将是一具烧焦的尸体。"一个小头目说。

"为了这件事儿烧掉整个森林，殃及那里的动物们，神

灵会怪罪我们，降下灾祸来的。"另一个头目说道。

"谁再啰唆，我就割掉他的舌头。"巴伊萨咆哮着。

武士们不愿意去执行放火烧林的命令，因为他们中的很多人负伤时，都曾被姑娘耐心细致地护理过，而现在却要置她于死地，他们怎么忍心呢？

在巴伊萨的一再催促下，武士们不得不再次包抄森林，然后纵火。

"我们应该听听巫师的意见。"有位武士把希望寄托在巫师身上。

"他沉默不语，脸色阴沉，好像有自己的想法。"另一位武士回答。

这时，巴伊萨把点燃的火把扔到了森林周围干枯的树枝上。不一会儿，火熊熊燃烧起来，其他的人也只好陆续点燃自己面前的森林。

熊熊大火向森林中心蔓延，郁郁葱葱的树木转眼就变成了枯木桩，动物们发出凄惨的叫声，四处奔逃。

突然，森林中又传来了姑娘的歌声，歌声透露出不可征服的意志。

"如果你答应做我的妻子，我还能从火海中把你救出来。"巴伊萨吼叫着。

"那请你留出一条路，让那些无辜的小动物能够逃生，我才可以跟你谈判。"巴伊萨终于听到了姑娘的回答。

巴伊萨痛快地答应了，立刻让武士们灭掉一个方向的火焰。

这时，那些四处寻路、无处可逃的动物们仓皇地从没有着火的森林中蹿了出来。很快，森林就被踩出了一条小路。

巫师看着眼前的一切，表情越发阴森恐怖。

"动物们都已经逃出来了，你快出来，不然我会重燃大火！"巴伊萨不耐烦地喊了起来。

"稍等一下，我还有一群朋友没有出去。"过了一会儿，姑娘的声音又响起来。

这时，就看见一群大大小小的蛇逶迤而出，正是那天堵住他们、不让他们搜索的蛇，武士们吓得远远地躲开了。

在巴伊萨的催促下，一群黑压压的蚂蚁在蚁王的带领下也逃了出来。它们正是那天阻挡武士们搜索的蚂蚁。

"你该出来了吧？"等最后一只蚂蚁走过去了，巴伊萨又心急地喊道。

"我还有一批朋友没有出去！"又过了很长时间，姑娘说话了。

不一会儿，就见一大群鸟儿飞了出来，遮天蔽日，让武士们不由得唏嘘感叹。

这时，一只兔子一瘸一拐地从森林里逃了出来，一步一回头地望着森林的尽头，恋恋不舍。

看着那只瘸腿的兔子从自己面前走过去，巴伊萨似乎有点费解，不耐烦地催促姑娘。

"巴伊萨，我宁可化为灰烬，也不愿意出去看到你那副杀气腾腾的脸！"姑娘换了一种声音，慷慨激昂、铿锵有力。

"敢欺骗我，重燃那片森林，烧死她！"巴伊萨气急败坏，歇斯底里地咆哮起来。

最后留出来的那片森林又重新燃烧起来，变成了一片火海。

这时，姑娘的歌声又响了起来，声音还是那么悠扬、动听、从容。

一直不动声色、一言不发的巫师，激愤地从他坐着的那块大石头上站了起来。

"保佑姑娘能够逃脱，惩罚巴伊萨吧！"巫师举起双手，对着苍天，大声喊道。

然而，火越烧越旺，浓烈的火焰正在向雪松林的深处蔓延。

"神啊，死去的该是巴伊萨啊！"巫师声嘶力竭地喊道。

听了巫师的祈祷，巴伊萨有些恐惧。

"疯老头儿，还是让我先杀了你吧。"巴伊萨走到巫师面前，举起标枪，想刺进巫师的胸膛。

就在这时，刮起一阵怪风，带着森林里的一团火猛地扑过来。巴伊萨被卷在那团火中间，发出阵阵惨叫声。

不一会儿，巴伊萨就变成了一堆灰烬。

这时，灭火的人们看见森林上空出现一只美丽的灰羽赤嘴小鸟儿，在惊愕的武士们头上盘旋着。人们都说，美丽的姑娘变成了金翅雀。

直到今天，浴火重生的金翅雀依然生活在哥斯达黎加那片美丽的大森林里。

金驴和宝兔

　　古时候曾有一个叫阿布拉雷的富人和一个叫萨布拉雷的穷人。

　　阿布拉雷是个商人，做贩卖牲畜的生意。

　　萨布拉雷是个种地的农夫，从早到晚都在自己的土地上辛勤劳作，只有一头断了角的黄牛帮他干活儿。他和妻子住在一个已经被熏得又黑又脏的毡房里。这年他四十岁，没儿没女。

　　"如果你给我生个儿子，我们就送他去上学，让他成为一个有学问的人。如果你给我生个女儿，我们就将她嫁给一个能拿出四十头牲畜彩礼的人。"萨布拉雷经常这样对自己的妻子说。

不久，妻子给他生了一个儿子。

萨布拉雷高兴极了，盼望儿子快快长大，一下子长到九岁，好送他去上学。

孩子健康成长，既聪明又有力气。玩游戏谁也玩不过他，角力也没人能比得过他。讲道理谁也不是他的对手。

父亲非常喜欢儿子，怎么也看不够。

"我的运气好着呢！"他经常这样对自己说。

很快，孩子满九岁了。萨布拉雷把他领到了毛拉那里。

"请您把他培养成为一个有学问的人吧。"他对毛拉说。

毛拉把孩子留下，教他读书写字。萨布拉雷的儿子比其他同学的学习成绩都好。

可是有一天，毛拉把男孩儿叫到跟前。

"去跟你父亲说，让他交三个金币的学费，否则就不要来我这里学习了。"毛拉说道。

男孩儿回到家，把毛拉的话转告给父亲。

"我们家太穷了，去哪儿弄这三个金币呢？家里唯一的一头黄牛是用来耕地的，如果卖了它，以后怎么种地呀！"萨布拉雷想。

萨布拉雷一夜辗转反侧，可还是没有想出解决的办法。一定要让儿子继续上学！最后，他决定把家里的黄牛卖掉。

天还没亮，萨布拉雷就起身来到牛圈。

"我可怜的朋友，我们就要分别了。对我来说，你不仅是我的朋友，还是我的帮手。你就要落到贪婪无度、坏事做尽的阿布拉雷那个牲口贩子手里了。"一边抚摸着黄牛的脖子，一边说道。

跟黄牛道别后，农夫叫醒儿子，"你去集市把黄牛卖掉，得到的钱交学费。"

"怎么卖呀？那些狡猾的牲口贩子一定会骗我的。"儿子有些害怕。

　　"你把牛牵到集市之后，遇到第一个买主，你向他索要十五个金币。他会和你讨价还价，给你一个金币，你不要卖给他。遇到第二个买主，你向他索要二十个金币。他也会和你讨价还价，给你两个金币，你也别卖给他。遇到第三个买主，你向他索要二十五个金币。第四个买主你索要三十个金币。就这样，对每一个后来的买主都多索要五个金币。最后会有一个身材矮小，宽脸扁鼻的小老头儿来到你身边。你要向他索要三百个金币。老头儿一定觉得奇怪，问你为什么这么贵。你要对他说实话，说牛虽是普通的牛，可是你要交学费，急等着钱用。老头儿也许会给你三个金币。这个价钱别人是绝对不会给你的。你就把牛卖给他了。"父亲对儿子说。

　　男孩儿把牛牵到集市，站在最显眼的地方，耐心地等待买主。

　　"你的牛打算卖多少钱？"一个阿布拉雷的手下走到男孩儿跟前问道。

"十五个金币。"男孩儿回答说。

"好样的,是块做买卖的料。你这是在漫天要价。这是一头什么牛哇,皮包骨,还少了一只角,给你一个金币就不错了。"牲口贩子讥讽地说。

"不,十五个金币才卖。"男孩儿说道。

一会儿,第二个买主来了。

"你这头牛要多少钱?"买主问。

"二十个金币。"男孩儿回答说。

"你这头瘦牛值这么高的价钱吗?最好的牛也卖不了两个金币。你这头牛只能宰了卖张皮,给你一个金币,赶紧回家吧。"第二个买主说道。

"不卖,一定要二十个金币。"男孩儿回答说。

"那你就等着傻瓜来买吧。"第二个买主气呼呼地走了。

他刚走,第三个买主就过来了,然后是第四个人,第五个,第六个……可是都异口同声,只肯出两个金币。

集市快要散了,人们开始离去。一个身材矮小、宽脸扁鼻的小老头儿走到男孩儿跟前。

"这头牛要多少钱?"小老头儿问道。

"三百个金币。"男孩儿回答说。

"你这不是做买卖,简直是胡闹!三百个金币可以把整个集市上的牲畜都买下来。谁会用这么多的钱买你这头缺了一只角的瘦牛?你说个实在价。"小老头儿一本正经地说。

"三百个金币!"男孩儿坚持道。

"既然你要这么多金币,或许你这头牛有什么特别之

处?"小老头儿问道。

"没有，老爷爷，我是要补交学费，需要很多钱。我想念书，想做个有学问的人。"男孩儿回答说。

"你欠毛拉多少学费?"小老头儿又问道。

"三个金币。"男孩儿回答说。

"拿去，给你三个金币。"小老头儿说着递给男孩儿三个金币。

男孩儿按照父亲的嘱咐收了钱，把牛交给小老头儿，高高兴兴地回家了。

萨布拉雷想，如果把三个金币都交给毛拉，那自己就什么都没有了。过了半年，毛拉再来要学费，那时该怎么办呢?

萨布拉雷苦思冥想，终于想出了一个办法。

萨布拉雷用两个金币买了一头小毛驴，喂了一整夜，准备天一亮就把它牵到集市上去卖。

临走之前，萨布拉雷又给小毛驴喝了很多凉水。小毛驴的肚子胀得鼓鼓的，喘着粗气。

萨布拉雷把小毛驴牵到集市，阿布拉雷手下的一个牲口贩子朝他走来。

"这头毛驴卖多少钱？"牲口贩子问道。

"两千个金币。"萨布拉雷回答说。

"一辈子没见过金币的人才会要这个价！"牲口贩子生气地说。

牲口贩子扭头就走，萨布拉雷拉住他的手。

"不买下这头小毛驴，你会后悔一辈子的。你的运气来啦！你把它送给阿布拉雷，就可以和他成为最亲近的朋友，他会对你慷慨大方，满足你任何要求。这头毛驴的绝活是，你赶它跑，喊一声'来一个金币！'它就会屙一个金币。你一天可以赶两次，得到两个金币。"萨布拉雷在牲口贩子的耳边小声说道。

牲口贩子动心了，眼睛里射出贪婪的光芒，决定买下这头小毛驴，作为送给阿布拉雷的礼物。

"要是真的，你就让我亲眼看看它是怎样屙金币的，然后我就买了它。"牲口贩子对萨布拉雷说。

"一言为定！"萨布拉雷赶紧说道。

萨布拉雷用鞭子抽打了一下毛驴。小毛驴撒腿就跑，一边跑还一边屙出一串粪蛋。果然，粪蛋里有一个金币。

眼见为实，牲口贩子终于相信了，决定出一千个金币买下这头毛驴。

牲口贩子付了钱，赶着毛驴回家，一边走还一边盘算何时能把一千个金币收回来。阿布拉雷一定会非常喜欢这份礼物！

其实，屙出来的金币是萨布拉雷事前藏在毛驴尾巴下面的。

牲口贩子把毛驴赶到阿布拉雷家，径直进了屋子。

阿布拉雷一见，立刻大发雷霆。

"你这个没脑袋的家伙，怎么把毛驴牵进屋来了？这里不是牲口圈，马上滚出去！"阿布拉雷对牲口贩子非常不满。

"老爷，您请息怒。这是头金毛驴。"牲口贩子解释道。

"混蛋，你在胡诌些什么！"阿布拉雷一点儿不相信牲口贩子的鬼话。

"我说的都是真的。你抽一下毛驴，对它说'来一个金币！'它就会屙出这样的一个金币。"牲口贩子说着拿出刚才得到的那个金币。

"有一个蠢货把这件宝贝卖给了我，只收了我一千个金币。老爷，我要把它送给您！您把所有的朋友都请来，让他们见识一下这头毛驴是怎么屙金币的。这是我亲眼所见，这个金币就是它屙出来的。"牲口贩子唯恐阿布拉雷不信。

阿布拉雷仔细打量了一下金币，又用牙咬了咬，终于相信了。他立刻把所有的朋友请到家里，向客人们讲述了金毛驴的故事。客人们对他表示祝贺。

"真是一件稀世珍宝！""得到这件宝贝是您的福分！"客人们不由得发出赞叹。

客人们聚在最大的一间屋子里。牲口贩子把毛驴牵进屋。

"来一个金币！快来一个金币！"牲口贩子用鞭子抽打着毛驴喊道。可是毛驴不但没有屙出金币，连粪蛋也没有。

客人们眼睛都不敢眨一下，直勾勾地盯着毛驴的尾巴，希望能亲眼看见毛驴是怎样屙出金币的。

鞭子雨点般地抽打在毛驴身上，牲口贩子累得汗如雨下。

"来一个金币！该死的畜生，来一个金币！"牲口贩子不住地叫喊着。

这时，毛驴的尾巴终于扬了起来，地毯上立刻出现一片粪尿。

客人们发出嘲讽的笑声。

"这种把戏在大街上随处可见。"有人说。

"您还是一个人去欣赏这头能屙金币的毛驴吧。"又有人说。

还有一些人没说什么，悄悄地走了。

阿布拉雷气得暴跳如雷，决定要狠狠惩罚一下牲口贩子，但被客人们劝阻了。

"这不是他的错，要怪就怪那个卖毛驴的骗子。必须好好地教训教训他。"客人们打着圆场。

阿布拉雷听从了客人们的劝告，派另一个手下和牲口贩子一起去寻找卖驴的骗子。

"把他带到我这儿来，我要亲手教训教训他！"阿布拉雷对二人说道。

此时，萨布拉雷已经为这位有钱人准备好了一份新的礼物。

他抓来两只一模一样的兔子，又为它们做了两个一模一样的项圈，一只拴在屋里，自己带着另一只躲在不远处。

"如果有人来，你要好好招待。如果问你我在哪儿，你就说，'我丈夫在地里干活儿，我现在就把他叫回来。'然后，你走到兔子跟前，对它说，'我的小兔子，你快跑到地里去，让萨布拉雷回来。'同时把兔子放开。"萨布拉雷叮嘱妻子道。

萨布拉雷刚刚离开，阿布拉雷的两个手下就找上门来。

"萨布拉雷在这儿住吗？"一个手下问道。

"是啊。"女主人回答说。

她将两人让进破毡房，拿出油炸小面包，端上茶水。

"高贵的客人，你们这是从哪儿来，找我丈夫有事吗？"女主人彬彬有礼地问。

"是阿布拉雷老爷派我们来的。"两个手下齐声说道。

"啊，原来是这样！那你们就更是我们家高贵的客人了。我诚心诚意地邀请二位在我们家多住几日！"女主人高兴地发出邀请。

这时，两个手下注意到了那只拴着的兔子，觉得不可思议，为什么它戴着那么漂亮的项圈呢？可是，他们不好意思问，因为男人在女人面前从来都是无所不知的。

"我们非常想见一见男主人！"两个手下请求道。

"好啊，我这就把他找回来。"女主人满口答应。

"我的小兔子，萨布拉雷还在昨天的那个地方，快去对他说，家里有两位阿布拉雷老爷派来的尊贵的客人在等他。"女主人来到兔子跟前，解开绳子说。

女主人松开手，兔子飞快地向树林跑去。

过了一个钟头，萨布拉雷抱着那只带项圈的兔子走来，两个手下立刻傻了眼。

萨布拉雷把兔子拴回原来的地方，走过来向客人们问好。而两个手下对视了一眼，好像在说，我们还从未见过如此神奇的兔子。

"阿布拉雷老爷派你们来有事吗？"萨布拉雷若无其事地问。

牲口贩子想，如果将萨布拉雷带到老爷那里去，对自己一点儿好处都没有，而如果把兔子当作萨布拉雷的替身带去，老爷肯定会高兴的。

"听说你有一只懂人话的宝兔，我们想替阿布拉雷老爷买下它，可以吗?"牲口贩子问。

"不卖。我已经把它当成了自己的孩子、伙计和看门的了。"萨布拉雷回答说。

"我可以出一千个金币!"牲口贩子开出了很高的价格。

他们开始讨价还价。

"我不想让二位和阿布拉雷老爷失望。这么办吧，你们出一千五百个金币，然后把兔子抱走。"萨布拉雷对两人说道。

两个手下付了钱，抱上兔子，高高兴兴地回去了。

"抓住骗子了吗?"阿布拉雷问两个手下。

"没有，可是我们给您带来了一只宝兔。"一个手下回答道。

牲口贩子讲了他们在萨布拉雷家的奇遇。

"那头毛驴已经让我蒙受了耻辱，你马上和你的兔子一起从我这里滚开，你一定又让萨布拉雷给骗了!"阿布拉雷听后说道。

"它确实是只真正的宝兔，我们亲眼看见它跑到地里把萨布拉雷叫回家。"两个手下信誓旦旦地说。

阿布拉雷最后还是被他们说服了，收下了礼物，并将兔子留在了自己的房间里。

阿布拉雷又一次邀请宾朋来家里做客。

"尊贵的各位，上次毛驴的事情非常对不起。可是今天，我要请诸位来欣赏一只真正的宝兔。"他煞有介事地对客人们说。

阿布拉雷一共有四个妻子，其中大太太住在四里外的地方。

"我的小兔子，你快去我大太太那里，告诉她，我们马上就到，让她办一些酒菜，准备迎接客人。"阿布拉雷解开拴兔子的绳子说道。

兔子立刻跑得不见了。

客人们又坐了一会儿，然后起身前往阿布拉雷的大太太家。

一行人来到大太太家，看到屋子里乱七八糟的，没人出来迎接，更没有酒菜。大太太身上穿着一件又旧又脏的长衫。

"我让兔子来通知你，准备迎接客人。你竟敢不听我的话！"阿布拉雷立刻发起了脾气。

"要是我看见过兔子，就让我的眼睛立刻瞎掉。你简直是疯了，难道兔子能懂得人话？该不会像上次一样，又被人骗了吧。"妻子说。

客人们觉得有道理，用嘲笑的目光望着这位经常被人愚弄的老爷。

阿布拉雷勃然大怒，立即叫手下将牲口贩子打死。仆人们一拥而上，痛打牲口贩子。

"等会儿再来处理他，先让他把那个骗子找来。我们要看看他到底长什么样?"客人们替牲口贩子求情。

阿布拉雷同意了，命令两个手下和牲口贩子一起去抓萨布拉雷。

然而，萨布拉雷十分清楚，阿布拉雷是不会放过他的，于是决定远走高飞，离开这个地方。

他现在有了很多的金币——卖毛驴得了一千个金币，卖兔子得了一千五百个金币。

在一个新的地方，萨布拉雷生活得非常富裕。他的儿子也上了当地最好的学堂。

星 姑 娘

　　从前有一个漂亮的女孩子叫吉米，和爸爸妈妈生活在美丽的小村子里。

　　村子前有条清澈见底的小河，旁边还有茂盛的树林。吉米经常和妈妈去小河边洗衣服，和爸爸到树林里猎山鸡。

　　可是，这样的好日子在妈妈生病后就结束了。虽然看了很多医生，也吃了很多的药，但妈妈的病还是没有治好。

　　"可怜的孩子，妈妈再也不能陪在你身边了，你要学会保护自己。"她在临死前，最放心不下的还是吉米。

　　"求求您，不要离开我!"吉米听了妈妈的话，伤心地哭了。

"妈妈也不想离开你，可是我的病已经治不好了。"妈妈从衬衫的口袋里拿出三颗亮晶晶的星星，把它们按在吉米的额头上。

奇怪的是，这三颗星星牢牢粘在上面，发出耀眼的光芒，好像天上的星星一样漂亮。

"吉米，这是你祖母传给我的吉祥物，现在我把它们交给你。你要记住，不到危急时刻，不要让任何人看到你的星星，因为它们会将接触到的人烧为灰烬。"妈妈又拿出一块头巾，包在吉米的头上，正好可以挡住三颗星星。

说完这些话后，她的气息越来越微弱，不久便在吉米的怀中去世了。可怜的小姑娘伤心极了，抱着母亲痛哭流涕。可是，妈妈再也不会睁开双眼为她擦去泪水。

吉米的爸爸要为妻子处理后事，还要不停地安慰女儿，所以在妻子刚刚死去的时候非常伤心。但是时间一长，他就把妻子忘了，过了几个月，娶了另外一个女人做妻子。

尽管这个女人长得很美，但是心眼很坏，一点儿都不喜欢吉米。

说起这个女人，这也是她的第二次婚姻，所以带来了和前夫所生的两个女儿。她们样子都很丑陋，心肠也很坏。

相比之下，吉米美丽善良，这让继母和姐姐们既羡慕又嫉妒，将她视为眼中钉。

吉米的爸爸只是一味地听从妻子的话，变得讨厌吉米，觉得她是一个累赘，什么都做不好。不过，继母和姐姐们越是折磨吉米，吉米长得就越漂亮。一天傍晚，继母到河边洗衣服，往回走的时候，狠狠摔了一跤。她疼得不能动弹，衣服也撒了一地。

"谁能来帮帮我？"继母大声喊着。

忽然，地面裂出一条缝隙，从里面钻出一个魔鬼。它长着一双火红的眼睛，样子狰狞恐怖。

"美人，让我来帮助你吧，不过，我可是要报酬的。"魔鬼走到女人面前。

"我的公鸡又肥又大，可以送给你。"继母说。

"这么少！"魔鬼很不满意。

"一头牛吧，家里就只有这些了！"继母已经豁出去了。

"哪有这么好的事情，除非你把两个亲生女儿送给我，让我吃了她们！"魔鬼笑得很恐怖。

"求求您，千万不要吃我的女儿！"继母听到这样的话，吓得在地上抖了起来。

"那你就在这里躺着吧！"魔鬼转身要走。

"等等，我的两个女儿又瘦又丑，一定不好吃，我有一个更好的礼物送给您。"继母突然想到吉米。

"什么好礼物？"魔鬼听到这样的话，两只火红的眼睛顿时又亮了起来。

"我丈夫前妻的女儿叫吉米，皮肤白白嫩嫩，一定合您的胃口！"继母回答。

"我没见过她，但我相信你的话。如果你说的是假话，我就把你们全家都吃了！"魔鬼的口水都要流出来了。

它帮助继母捡起衣服，还将她送回家。

"我现在就饿了，你说的那个女孩儿在哪里？"刚回到家，魔鬼就控制不住了。

"河边清静，适合享用晚餐，请您去河边等一下，我马上让她过去。"继母极力讨好它。

"好吧，不过你要快点儿，我可没有耐性。"魔鬼说完就走了。

"亲爱的女儿，我白天洗衣服的时候，将一件衣服放在了河边的大石头上，希望风能将它吹干，没想到刚才忘记收回来了，你能去帮我拿一下吗？"继母走进屋子，看见吉米正在补衣服，便笑嘻嘻地走过去。

"好的，我这就过去。"吉米答应了。

半路上，她觉得刚才继母的表现非常反常。

吉米来到河边，没找到继母说的那件衣服，心里更加怀疑了。想到这里，她觉得一定要赶快回家才能安全，可是刚刚转身往家走，魔鬼就出现了。

看到魔鬼恐怖的样子，吉米拔腿就跑。魔鬼似乎并没有想要立刻抓住吉米，因为它更喜欢看女孩子逃跑时惊慌失措的样子。

就这样，吉米在前面拼命地跑，它在后面不紧不慢地追着。这时，吉米忽然想起妈妈送给自己的三颗星星，赶紧摘下头巾，露出额头。

这三颗星星发出灼热的光线，好像长了眼睛一般朝魔鬼照过去。一开始，魔鬼并不知道这是什么，但很快就被光线烤得发热，转身往旁边的树林逃去。

可是，不管它怎么躲，那束强烈炽热的光线都紧紧跟着

它，烤得全身都燃烧起来。

魔鬼吓坏了，赶紧念动咒语。地面出现了一条大裂缝，它拼命钻进去，消失不见了。

可怜的吉米自从知道了继母的险恶用心，便不敢再回家，只好在树林附近游荡。

此刻，继母非常高兴，认为这个讨厌的女孩子再也不会出现了。

第二天一早，她像往常一样开心地去河边洗衣服，正干得起劲儿，魔鬼瞪着血红的眼睛又出现了。

"发生什么事情了？"继母吓得不敢动弹。

"别装糊涂了，昨天那个女孩头上有三颗很厉害的星星，差点儿把我烧死！"魔鬼回答。

"这怎么可能！"继母辩解道。

"我不会再相信你了，现在就把你吃了！"魔鬼大吼。

很快，继母就被它吃掉了。魔鬼觉得意犹未尽，于是便跑到继母家，把正在门口玩儿的两个丑姑娘也吃掉了。

吉米的爸爸此刻正在屋里，不知道外面发生的事情。魔鬼看到屋子里还有一个人，不由分说地走进去，一把抓住他。

房子里面的家具都被撞翻了，爸爸几拳打得它连连后退。打斗声和魔鬼的叫骂声传得越来越远，一直传到吉米耳边。

她预感到家里可能有危险，拼命跑回家，刚到门口就看到爸爸和魔鬼打得不分胜负。

为了帮助爸爸战胜魔鬼，吉米赶紧拿下头巾，三颗星星马上放射出灼热的光线。魔鬼看到吉米头上的星星，马上慌了神，转身想要逃跑。

"爸爸，快抓住它，这样我就能消灭它了！"吉米吸取了昨天的教训，不想再放走它。

爸爸听到女儿的话，勇气大增，冲上前紧紧抱住魔鬼的腰。魔鬼一时难以逃脱，星星的光线直接射在它的身上，没过一会儿，便烧成了灰烬。魔鬼被消灭了，父女二人非常高兴。

"我们离开这个地方重新生活吧!"吉米借机说出了事情的真相。

爸爸很后悔没能照顾好女儿,觉得很对不起她,更对不起已经死去的妻子,怀着愧疚的心答应了她的请求。

父女二人简单收拾下行李,便离开了故乡,几天之后来到一座很高的山。

他们愉快地聊着天,忽然传来一阵风声,由远而近,声音也越来越大。

"太好了,起风了,很快就不会这样闷热了。"爸爸说。

他的话音刚落,不远的天空便出现了一匹长着翅膀的骏马,更让人惊奇的是马背上还坐着一个英俊潇洒的年轻王子。王子优雅地跳下马,朝吉米打手势。

"美丽的姑娘,不要害怕,我不会伤害你们。"王子的声音很温柔。

吉米的恐惧感顿时消失了一半。原来,王子的老师是一个仙女。她告诉王子，有一天这个山顶将会出现三颗会发光的星星，但是这三颗星星并不是在天上，而是在一个美丽姑娘的头上。这个美丽的姑娘，将会成为王子的妻子。

"先生，能把您的女儿嫁给我吗，请您答应我的请求！"王子对吉米的父亲说。

"我当然愿意！"爸爸毫不犹豫地答应了他的请求。

"跟我一起回去好不好？"王子微笑着来到吉米面前。

吉米轻轻点了点头。于是，三个人坐上骏马，没多久便来到了王子的宫殿。

国王见吉米这样美丽迷人，非常高兴，当晚便为她和王子举行了盛大而豪华的婚宴，宴请了全国百姓来祝福这对新人。

拇指姑娘

从前有一个女人，非常希望有一个小小的孩子，但不知道怎么才能得到，于是去请教巫婆。

"我非常想要一个小小的孩子！您能告诉我从什么地方可以得到吗?"女人问。

"嗨，很容易啊。你把这颗大麦粒拿去，不过它可不是乡下人田里长的那种大麦粒，也不是鸡吃的那种大麦粒。你把它埋在一个花盆里，不久就可以看到你想要的东西了。"巫婆说。

"谢谢您。"女人说完给了巫婆三枚银币。她回到家中，种下那颗大麦粒。不久，一朵美丽的大红花长出来了。大红花看似郁金香，但花瓣却紧紧地包裹在一起，好像还未开放。

"这花太美了。"女人说着在美丽的、黄而泛红的花瓣上吻了一下。花儿忽然开放了。

现在可以看出，这是一朵真正的郁金香。在花的正中央，在一根绿色的雌蕊上，坐着一位娇小的姑娘。她看起来白嫩可爱，还没有大拇指的一半高。

因此，人们就叫她拇指姑娘。

拇指姑娘的摇篮是一个亮光光的胡桃壳，垫子是蓝色的紫罗兰花瓣，被子是玫瑰花瓣。这就是她晚上睡觉的地方，而白天她就在桌子上玩耍。

桌子上，女人放了一个盛满水的盘子，摆上一圈花儿，一片很大的郁金香花瓣漂浮在水面上。拇指姑娘可以坐在花瓣上，用两根白色马尾作桨，从盘子这边划到那边。这场景真是美丽！她还会唱歌，嗓音温柔甜蜜。

一天晚上，拇指姑娘正在漂亮的床上睡觉，一只癞蛤蟆从窗外跳进来。癞蛤蟆又丑又大，一身黏液，一直跳到桌子上。拇指姑娘此刻正在鲜红的玫瑰花瓣下睡觉。

"这姑娘给我做儿媳妇倒不错。"癞蛤蟆说。她一把抓过拇指姑娘睡觉用的胡桃壳，跳出窗子，潜入花园。

花园里有一条很宽的小溪，两岸低洼潮湿。癞蛤蟆和她的儿子就住在这里。他跟妈妈简直就是一个模子刻出来的，长得奇丑无比。

"呱呱呱！"当看到胡桃壳里美丽的小姑娘时，他大声叫道。

"别喊啦，会把她吵醒的。别让她逃走了，她轻得像一片天鹅的羽毛！我们得把她放在睡莲的叶子上。她既然那么娇小轻盈，那片叶子对她来说可算是一座小岛了。在那里，她是没办法逃走的。我们可以把泥巴底下的那间房子修好。你们俩以后就住在那儿吧。"老癞蛤蟆说。

小溪里生长着许多阔叶睡莲，最远处的那片叶子最大。

老癞蛤蟆游过去，把胡桃壳和睡在里面的拇指姑娘放在上面。

可怜的拇指姑娘清早醒来，看到自己的处境，不禁伤心地痛哭起来。这片宽大的绿叶周围全是水，她没有办法回到陆地。

老癞蛤蟆坐在污泥里，用灯芯草和黄睡莲装饰房间。既然是新房，那就应该收拾得漂亮一些才对。她和丑儿子向拇指姑娘游去，准备先把拇指姑娘的那张漂亮的床搬走，安放在洞房里。

"这是我的儿子，你未来的丈夫。你们俩在泥巴里将会生活得很幸福。"老癞蛤蟆向拇指姑娘深深鞠了一躬。

"呱呱呱！"这位少爷只能说这几句话。

他们背着漂亮的小床在水里游着。拇指姑娘独自坐在绿叶上，又不禁痛哭起来——她不喜欢跟一只讨厌的癞蛤蟆住在一起，更不喜欢这位丑少爷做自己的丈夫。

水里的一些小鱼看到过癞蛤蟆，也听她讲过拇指姑娘，纷纷从水里伸出头来，想瞧瞧这个小小的姑娘。

鱼儿们看到拇指姑娘，都觉得她非常漂亮，因而也就非常不满——这么一个漂亮姑娘怎么能下嫁给一只丑陋的癞蛤蟆呢？

他们集合到小姑娘居住的那片绿叶周围，用牙齿把叶茎咬断。没有了茎，绿叶带着拇指姑娘顺着水流漂走了，漂得很远，到了一个癞蛤蟆无法到达的地方。

拇指姑娘顺流而下，经过了许多地方。灌木林里的小鸟儿看到她，齐声唱着"多么美丽的一位小姑娘啊"。

叶子托着拇指姑娘漂啊漂，越漂越远，最后漂到了外国。

一只可爱的蝴蝶围着她翩翩飞舞，最后竟落到了叶子上，他太喜欢这个漂亮的小姑娘了。拇指姑娘也非常高兴，因为终于摆脱了癞蛤蟆的纠缠。她眼前的一幕是那么美丽——太阳照在水面上，波光粼粼。

她解下腰带，一端系在蝴蝶身上，另一端紧紧系在叶子上。于是，蝴蝶带着拇指姑娘在水面上飞速穿行。

这时，一只很大的金龟子飞来，看到了拇指姑娘，立刻用爪子抓住她纤细的腰，带着她一起飞到树上。叶子继续顺流直下，那只系在叶子上的蝴蝶也只好跟着叶子一起飞向远方。

被金龟子带进树林，可怜的拇指姑娘该有多么害怕啊！不过她更为那只美丽的蝴蝶难过。她已经把他紧紧地系在

了叶子上，如果他没有办法摆脱，那就只会被饿死。但是金龟子却丝毫不觉得什么，他把拇指姑娘领到树上最大的一片绿叶上坐下，把花里的蜜糖拿出来给她吃，还夸奖她的美貌。

没多久，树林里的金龟子全都来拜访了。他们打量着拇指姑娘。

"嗨，她不过只有两条腿，太难看了。"一个金龟子小姐抖动几下触须说。

"她连触须都没有！"另一个金龟子小姐说。

"她的腰太细了。呸！她完全像一个人，多丑啊！"所有的金龟子小姐齐声说道。

然而拇指姑娘确实很美，劫持她的那只金龟子当时就是这样想的。不过，经不住大家的异口同声，他最后也只好相信了，也就不愿意要她了。

拇指姑娘现在自由了，没人再理会她的存在。他们带着她从树上飞下去，把她放在一朵雏菊上。拇指姑娘在雏菊上痛哭不止，伤心极了。她觉得自己长得太丑，连金龟子都不要她了。

可事实上她仍然是一个不多见的美人儿，那么娇嫩，那么天真，像一片最纯洁的玫瑰花瓣。

整个夏天，可怜的拇指姑娘都住在这片巨大的树林里。她用草叶为自己编了一张小床，把它挂在一片大牛蒡叶底下，这样就可以遮风挡雨。她从花里取出蜜来当食物，用早晨凝结在叶子上的露珠当饮料。

夏天和秋天就这么过去了。现在，寒冷漫长的冬天一天天临近，她感到十分寒冷——衣服都破了，身体又那么纤弱。可怜的拇指姑娘啊，一定会冻死的！天空开始降雪，雪花成片地落在她身上，而她不过只有几厘米长。她只好把自己裹在一片干枯的叶子里，冻得浑身发抖。

冬天的树林里寒冷又没有食物，拇指姑娘只好来到树林旁边的麦田。田里的麦子早就被收割了，只留下一些光秃秃的麦茬儿。她希望能在这里找到些吃的，最好再找到一个温暖的住处。现在的她饥寒交迫，已经两天没有吃过东西了。最后冻得发抖的她在一棵麦茬儿下找到了一个小洞，里面住着一只老田鼠。

"多可怜的孩子。快到屋子里来暖和暖和，再和我一起吃些大麦粒吧。"老田鼠说。

心地善良的老田鼠让拇指姑娘留下来和自己一起住。每天，拇指姑娘帮老田鼠收拾房间，讲好听的故事，因为老田鼠最喜欢听故事了。

"过几天，我们的邻居要来做客。他是一只鼹鼠，穿着华丽，房屋宽敞，知识渊博。你要是嫁给他，以后都可以衣食无忧了。只有一点儿小遗憾，他看不见东西。不过你可以把你知道的那些美丽的故事说给他听。"老田鼠说。

为了感谢老田鼠收留自己，拇指姑娘对她总是言听计从，所以在鼹鼠来拜访的时候，她为他唱歌、讲故事。她美妙的歌声深深地吸引了鼹鼠，他很喜欢她。

可是拇指姑娘不想和鼹鼠结婚。她讨厌鼹鼠，因为他不停地说太阳和花儿的坏话，虽然他从来没有看见过它们。

鼹鼠为了能够经常见到拇指姑娘，就在自己的房子和她们的房子之间挖了一条通道。这样，他们三个就可以在这条又长又黑的地下通道里散步，随时见面。

第一次去散步的时候，鼹鼠举着一根火柴走在最前面。他告诉她们，这条通道里躺着一只鸟儿。不过别害怕，他已经死了。他就躺在前面不远处，等会儿我们就会看见。

走到那只死鸟的身边时，鼹鼠用他的大鼻子朝上面拱出一个大洞，他想让她们看得清楚些。阳光穿过洞口照了进来，照在鸟儿的身上。她们认出这只可怜的鸟儿是一只燕子。他蜷缩在那儿，翅膀紧紧贴着身体，像是冻死的。

"多可怜！出生就是一只小鸟儿，每天只会叽叽喳喳地唱歌，别的什么也不会。你们看，他现在再也不能唱什么了！幸好将来我的孩子不会这样。"鼹鼠踢了踢燕子。

"是啊，你说得有道理，这些只会唱歌的鸟儿在冬天就没有办法了。他们找不到食物，抵御不了寒冷，可人们为什么还要说他们了不起呢?"老田鼠说。

拇指姑娘静静地听着,她的心里非常难过。她不同意他们说的话。夏天在树林里,鸟儿们为她唱歌,陪她说话,带给她许多快乐。所以,当鼹鼠和老田鼠继续往前走的时候,拇指姑娘弯下腰,轻轻地吻了吻那双闭着的眼睛,又温柔地拂了拂他额头上的羽毛。

这天夜里,拇指姑娘心里想着那只可怜的燕子,睡不着。于是,她先在房间里找了些柔软的棉花,又用草编了一张毯子。她要用这些东西去给燕子举行一场告别仪式。虽然他已经死了,但她还是希望能给他带去一些温暖。

"永别了,亲爱的燕子,谢谢你夏天为我唱的那些动听的歌儿。你就是最了不起的,因为你为人们带来了欢乐。"拇指姑娘把棉花铺在燕子身下,又用毯子把他盖好,然后把自己的头伏在他的胸口上。

忽然,她听见燕子的身体里面好像有什么声音。啊,他没有死,心脏还在跳动,只是冻僵了。现在他感受到了温暖，恢复了知觉。

第二天夜里，拇指姑娘拿着一根火柴作光源，悄悄地去看望燕子。这次她要把自己当被子的那张薄荷叶送给他，帮他盖在头上，让他感到温暖。

"谢谢你，可爱的小姑娘，我现在感觉好多了，既温暖又舒服。我想我的身体很快就能康复，不久又可以在温暖的阳光中飞行了。"听到脚步声，原本昏睡的燕子慢慢睁开眼睛，看见了拇指姑娘，感激地说。

"不，这可不行。现在外面雪花飞舞，遍地结冰，寒冷的冬天还没结束呢。你应该留在这里，让我来照顾你。你可以叫我拇指姑娘，大家都这么叫我。"拇指姑娘说。

拇指姑娘用花瓣做杯子盛水给燕子喝，帮助他快些恢复体力。燕子喝了点儿水，告诉拇指姑娘，他也不清楚自己为什么会出现在这里。秋天来临的时候，他本想和伙伴们一起飞往温暖的南方。可是他的一只翅膀曾经受过伤，所以慢慢地掉队了。最后，在一个寒冷的日子里，他不得不落到了地上。

"以后的……我也不记得啦。"燕子挠挠头，小声地说。

燕子在温暖的地道里过了整个冬天，拇指姑娘常常带着食物来看他。鼹鼠和老田鼠对这件事毫不知情，因为他们散步的时候根本没留意他。

春天来了，大地复苏，燕子要回到树林里去了。

"我们一起回树林里去吧。你可以坐在我的背上，我带你飞回去。"他开心地对拇指姑娘说。

"不……我不能离开……"拇指姑娘为难地说，"虽然我很喜欢生活在生机勃勃的树林里，可如果就这样离开了，老田鼠一定会伤心的。"她可不希望让善良的老田鼠感到难过。

"好吧！可爱的拇指姑娘，谢谢你一直照顾我。再见啦！"燕子张开翅膀，唱着欢快的歌，向着树林的方向飞去。

"再见……再见……"拇指姑娘眼里闪着泪光，使劲儿向燕子挥手，她是多么喜欢这只燕子啊！

夏天到了，在老田鼠屋顶上的田地里，麦子正在苗壮成长。可是老田鼠却不让拇指姑娘出去，只允许她待在房间里，这让她感到非常难过。

"我们可没工夫晒太阳。可爱的小姑娘，难道你忘了鼹鼠已经向你求婚了吗？我们要在这个夏天把你的嫁衣缝

好。作为富贵的鼹鼠太太，你应该拥有许多漂亮的衣服，可不是像现在这个样子。"老田鼠对她说。

"可……我喜欢外面温暖的阳光。"拇指姑娘说道。

"不行，我们一定要准备好婚礼需要的那些毛衣和棉衣，不能让鼹鼠丢面子。"老田鼠严厉地说。

整整一个夏天，拇指姑娘都坐在家里摇纺车。因为鼹鼠雇了四位蜘蛛，不停地为她纺纱织布。每天晚上，他自己也会到老田鼠家里来看看她们制作的新嫁衣。不过，很多时候他都在抱怨天气炎热。拇指姑娘一点儿都不高兴，因为她根本不喜欢鼹鼠。她喜欢外面美丽光明的世界。

她强烈地期盼再次见到燕子，让他带自己离开。每天清晨和傍晚，她都会偷偷溜到门口站一会儿，看看蔚蓝色的天空，闻闻空气中的清香，期待燕子的出现。可是燕子一直没来。每天睡觉前她都难过地想，今天燕子还是没有来啊。

树叶枯黄，百花凋零，秋天终于来了。拇指姑娘的全部嫁衣也都准备好了。

"不久，你们就是夫妻了。这是一件多么美好的事情啊！"老田鼠兴奋地说。

"不！我讨厌鼹鼠，我不要嫁给他！"拇指姑娘哭着说。

"岂有此理。他是那么优秀，才高八斗，富可敌国。他那件华丽的黑天鹅绒袍子更是举世无双。感谢上帝，他喜欢你，愿意做你的丈夫。所以，你一定要嫁给他，不要惹我生气，不然我会忍不住用雪白的门牙咬你的。"说完，老田鼠还朝拇指姑娘龇了龇牙，做出一副咬她的样子。

婚礼即将举行，鼹鼠就要来接拇指姑娘了。可怜的拇指姑娘非常难过，请求老田鼠让她去门口再待一会儿，她要和这个温暖光明的世界告别。她就要嫁给鼹鼠了，他不会允许自己离开黑暗的地下。老田鼠心疼拇指姑娘，所以同意了她的请求。

拇指姑娘走到老田鼠的屋子外面，向天空伸出双手，仿佛在拥抱太阳。

"再见了，亲爱的太阳，您那么温暖，又那么明媚。"拇指姑娘悲伤地说着。她又向前走了几步，抱住一朵还没凋谢的小红花，轻声说："假如你看到了那只燕子，请代我向他问好。""啾啾！啾啾！"忽然，拇指姑娘的头上传来一阵熟悉的歌声。她抬头一看，正巧是那只燕子飞过。燕子也看到了拇指姑娘，高兴地落在了她身旁。

"我就要嫁给鼹鼠了。今后我只能住在他永远都照不到阳光的地下黑房子里。可是我喜爱阳光，不愿意嫁给他。"拇指姑娘哭着对燕子说。

"别哭，美丽的拇指姑娘，我会帮助你的，就像你帮助我那样。从前在我冻僵的时候，是你救了我的命。现在让我带你离开，一起飞向温暖的南方。你快坐到我的背上，用腰带把自己牢牢地和我绑在一起。"燕子说。

"谢谢，你对我真好！"说着，拇指姑娘爬到燕子的背上，用腰带把自己和他最结实的一根羽毛系在一起。在寒冷的高空中，拇指姑娘藏在燕子温暖的羽毛下，一点儿都不觉得冷。当然，她还会好奇地把自己的小脑袋伸出来，欣赏一下地上的景色。

燕子一路向南，飞越高山大海，飞越城市森林，来到了温暖的南方。最后，他们落在一个蓝绿色的湖岸。湖边生长着许多高大的绿树，还有一座城堡。城堡有许多用大理石砌成的圆柱，上面缠满了葡萄藤。这就是燕子的家。

"看，高处的那个就是我的房子。这里有那么多漂亮的小花，你可以选一朵作你的房子，然后就可以舒服地住下来了。"燕子说。

"太好了！"拇指姑娘高兴得手舞足蹈。她选了一朵洁白美丽的小花作为自己的新家。燕子把她轻轻地放在花瓣上。

他俩惊奇地发现，在这朵花的花蕊上，居然坐着一个小人儿！那是一个和拇指姑娘差不多高的男人。他头戴皇冠，长着翅膀，看上去白皙透明，好像一个玻璃做成的娃娃。

原来，这里的每一朵花里都住着这么一个小人儿。他们是花中的安琪儿，而眼前的这位则是他们的国王。

小国王惊恐地看着燕子。在他眼里，燕子简直是一只巨鸟。不过当看到拇指姑娘的时候，他眼前一亮，这个小姑娘的美貌可以说是举世无双。他取下头上的皇冠，戴到她的头上，问道："你愿意做这些花儿的王后吗?"

拇指姑娘也非常喜欢这位小国王，他和自己真般配啊!比起癞蛤蟆和盲鼹鼠，真是天壤之别。她愉快地说："我愿意做你的王后。"

在随后的婚礼上，安琪儿们都带着礼物来贺喜。其中最好的一份礼物是两对翅膀。有了这对翅膀，拇指姑娘就可以在花丛间自由飞舞了。

"从今以后，我们叫你玛娅，只有这个名字才能代表你的美丽!"小国王对拇指姑娘说。

拇指姑娘的好朋友燕子也来为她祝福，并为他们唱出最动人的歌儿。"啾啾! 啾啾!"他把拇指姑娘的故事也编进了自己的歌词里。

后来，燕子要飞到很远很远的丹麦去了。

"再见了，再见了，我亲爱的朋友！"燕子依依不舍地说。

在丹麦，燕子把自己的巢筑在了一个童话作家的房檐下。"啾啾！啾啾！"每天他都在窗口为作家唱歌，寄托着自己对拇指姑娘的思念。日子久了，作家就写下了这个故事。